AF450123

EL PARQUE DE LA ROJA

Carlos Bravo

Primera edición, diciembre 2024

©*El parque de la roja*
Carlos Bravo

ISBN: 978-607-69780-3-0

Cubículo IV
Sello editorial de
EDITORIAL OXEDA S.A.S. de C.V.
Vicente Guerrero No 21
Poxtla, Ayapango, Estado de México
México, C.P. 56766

Hecho en México
Bajo el modelo de Impresión bajo demanda (POD)

© Coordinación editorial: Antonio Ojeda
© Portada: Diseño del autor
© Corrección de estilo: Fidel Loredo
© Fotografía del autor: Archivo del autor

1. Literatura mexicana

EL PARQUE DE LA ROJA

ÍNDICE

EL ENIGMA DE LOS CHETOS DE BORREGO 11

ISRAELÍ 27

VOY POR LAS CROQUETAS 41

CRUISING 57

EL CHICO DE *GRINDR* 67

EL PRIMO IÑAKI 87

CONSUELO DE UN EXTRAÑO 101

"LO SABEN... TODOS LO SABEN" 115

.

SOBRE EL AUTOR 151

Este libro va dedicado a todos los calientahuevos como Gerardo, los *casialgo* que te mandan a terapia como Iván, a los vatos cuyo coito es terapéutico como Uriel, a los que cuyo no se sabe si da hueva o risa como el de Mauricio, a las malas compañías como José Luis, a las mentes débiles como mi yo de hace un año atrás, a las personas más estupendas que podrías conocer como Alejandro y al lobo que tengo tatuado en mi hombro: mi familia.

EL ENIGMA DE LOS CHETOS DE BORREGO

En aquel hotel jamaicano
Café Quijano

El Parque de la Roja era la manera de acortar "El Parque de la Torre Roja", el cual está contiguo a la secundaria Heriberto Enríquez (donde estudié). Cuando Santa Bárbara se cosmopolitizó un poco más, se edificaron cinco torreones en cada punto del contorno de la colonia (La Torre Roja, Lila, Amarilla, Rosa y Naranja), cada una situada en una zona de preescolares, primarias y secundarias con sus respectivos parques. Dichos edificios cuentan con una especie de reloj solar incomprendido para cualquiera (al día de hoy su función o su decoración continúan siendo un misterio).

La Torre Roja con los años se ha deteriorado, su color original ha empalidecido, parece ser la hermana fea de la Torre Rosa; no obstante, cuando el parque de la Roja se remodeló (las rampas de *skateboard* fueron la sensación antes de la llegada del insignificante parque acuático de esta aburrida unidad habitacional) no requirió más que unas pocas semanas para quedarse sin alumbrado, los columpios y sube y baja desaparecieran, las resbaladillas se desmadraran, las canchas de basquetbol se oxidaran, las paredes, rampas se grafitearan, junto con las mesas de concreto donde siempre se podían leer los insultos de la rivalidad entre el 3°C y el 3°B, los de la mañana contra los de la tarde, confesiones de amor con plumón indeleble, garabatos obscenos (fue el preludio del Facebook de aquel entonces). Y para que dos de las tres palapas se quedaran sin mesa ni cemento, con la basura de botellas, papeles, colillas de cigarro, neumáticos, trozos de cartones; eran la decoración del pasto que crecía cual selva (se podaba muy pocas veces al año cada que el ayuntamiento de Ixtapaluca lo recordaba). También se construyó un baño público que jamás retiró su candado al mundo por los altos índices de vandalismo que sufrió el parque en tan poco tiempo… fue la novedad para la sociedad juvenil de esta colonia ixtapaluquense al igual que para un vagabundo que había adoptado ese sitio como su nueva casa. Podría decirse que ese parque fue el *Titanic* de Santa Bárbara, con la excepción de que su tripulación seria la culpable de su miseria. Aun así, sigue gustando asistir ahí (dependiendo el sucio propósito que se le dé).

El ambiente nocturno del lugar era ideal para los novios que se reunían a escondidas de sus padres, los profesores que iban a fumar a hurtadillas luego de pasar tantas horas soportando escuincles ajenos, los morros que se querían romper la madre por haberse chapulineado la novia, los drogadictos sin remedio, los que se querían ir a caldear y echar una pata al aire o los perros sin hogar.

Sólo estuve ahí la primera noche de la inauguración del parque. Me dejé caer sobre uno de los columpios (siempre han sido mis favoritos) en compañía de unos Takis Fuego. La gente estaba fascinada con la reforma del lugar (nadie sospechaba que poco tiempo después volvería a estar igual o peor que antes). Cerca de las rampas me percaté de la presencia de cuatro chicos de aspecto genérico, pero sus risotadas los volvían especialmente notables. Fumaban, sus bebidas (estoy casi seguro) eran de la paletería que estaba frente al parque pues esos vasos de unicel son bastante peculiares, compartían una enorme bolsa de chetos. Se veían muy contentos, ebrios en su euforia. Quise acercarme a ellos, pero mi timidez me lo negó; sólo podía pensar por qué mis amigos y yo no podíamos ser como aquel cuarteto, salir a parques de noche y echar desmadre, en lugar de quedarnos siempre en casa de Vicente haciendo tarea, jugando quince partidas de ajedrez, viendo el noticiero; preocupándonos siempre por el estudio y alabar nuestro cerebro al mismo tiempo que criticábamos a quienes no pudieron nacer con él. Me cagaban esos güeyes, aunque, más me cagaba yo por haberme juntado con ellos casi toda la secundaria, nomás porque una vez le eché ganas a las tareas haciendo que mis calificaciones subieran (si no, mi jefa ahora sí me reventaba el hocico, ya me tenía sentenciado), ocasionando que la orientadora me sentara con los tres ñoños de la clase; Vicente, Fermín y Agapito, son buena gente esos tipos aunque siempre los vi angustiarse mucho por su futuro, mismo que era obvio para todo el mundo que iba a ser exitoso, excepto para ellos, los *krelboynes* de la Heriberto Enríquez. Nunca los vi divertirse, tomar riesgos, decir: "güey", nada. Lo cierto es que yo no era inteligente, bueno, no del calibre de ellos, aunque les tomé cariño, aprendí muchas cosas con ellos menos matemáticas, toda la vida fui reteburro para eso de los números. Sin embargo, por alguna razón, seguía juntándome con ellos, ¡mi vida social era ellos! Probablemente porque eso de tener amigos no se me daba a mí.

Cuando el último de mis *takis* desapareció, limpié con mi lengua el polvo picante que se adhirió a mis dedos (es la mejor parte) y decidí retirarme del parque, la pandilla que robó mi atención permaneció inmutable. Suspiré un poco, esbocé una sonrisa discreta, reconocí un poco de envidia por su camaradería y luego me fui a la verga.

Aquel mismo día también me había graduado de la Heriberto Enríquez, seguro mis tías ya estaban en la casa preguntando por mí. Lo único que esperaba de ese día, era encontrar nuevos amigos en la prepa donde me fuera a quedar; pues aún con mis tres compañeros de la secundaria, quería expandir mi círculo con gente afín a mí, donde sintiera que pudiera ser yo mismo, no un intento de *Malcolm el de en medio*....

¡Valió madres! Todo el verano me dediqué a estudiar con mi trío de la secundaria y digo que valió madres porque los cincuenta y ocho aciertos que saqué en mi examen COMIPEMS no me permitieron estar con ellos en el CCH Oriente (era evidente que ellos se iban a quedar ahí, en la única opción que pusieron en su registro); por ende, yo fui colocado en la Celestín, una escuela antorchista que no tiene buena fama en Santa Bárbara, pero que está cerquita de mi casa. Lo único bueno de la noticia fue que al menos tendría la oportunidad de involucrarme con nuevas amistades.

Mis primeras dos semanas en la Celestín fueron complicadas; los pinches maestros dejaban tantas tareas como si fuéramos asiáticos (puta madre). Esa ocasión había decidido no aburrarme y echarle ganas a mis calificaciones, no obstante el álgebra y todas las asignaturas derivadas, continuaban pateándome los huevos, ni tiempo tenía de quejarme. La hora del recreo era mortal, todo el mundo hacía filas peores que las de Six Flags, para la cooperativa; cuando por fin era mi turno aparecía una de las orientadoras con su voz de megáfono corriéndonos devuelta a las aulas. Fueron esas dos primeras semanas donde me quedé con el antojo de probar una mugre gordita de chicarrón (carita triste).

Una ocasión, cuando regresaba de la escuela, decidí hacer una parada a una tiendita y comprar un cigarro, desde hacía un buen que se me antojaba, me daba mucha curiosidad averiguar a qué sabía esa madre. Una vez comprado, junto con unos cerillos, pasé al Parque de la Roja a iniciarme como fumador activo (pero la neta no sabía cómo hacerlo). Me acerqué a las rampas y pude notar a los mismos cuatro chicos que había visto la noche de inauguración de este sitio (ya estaba completamente jodido), estaban con la misma bolsa de chetos, las mismas aguas, fumando; me sorprendí de recordarlos y de que usaran el mismo uniforme de mi prepa (lo raro era que nunca los había visto en la escuela). Decidí reunir valor suficiente para acercármeles y cumplir con mi nuevo propósito social.

—¿Qué hay? —fue lo primero que ingenió mi mente.

—¿De qué o qué? —contestó el más alto de ellos con tono intimidante.

—No, pus, nada... —repliqué con intención de abandonar el lugar.

—Es broma, carnal —interfirió el más gordo de ellos —, no le hagas caso a ese pendejo. Siéntate, vamos a echarnos un pitillo.

—No le digas a ese güey —exclamó el alto refiriéndose al más morenito del grupo —, que se le calienta la cola.

—¡Ya me la calentó tu papá, pendejo! —se defendió el aludido.

Inmediatamente pensé que se desataría una batalla campal en el parque, puesto que el tono que empleaban denotaba agresividad y ellos tenían pinta de que se partían la madre frecuentemente. Quise evitar la gresca y lo único que se me ocurrió fue gritar:

—¿Me enseñan a fumar? —ondeé el cigarro que compré como una bandera.

Inesperadamente los cuatro reventaron a carcajadas.

—¿Neta no sabes fumar, güey? —Habló el chico restante de la pandilla. Estaba demasiado ocupado moneándose para interferir con la supuesta pelea.

—Sólo lo dije porque pensé que se iban a agarrar a putazos —excusé.

—¡Aaaaah! —Exclamó el gordo —pero, ¿entonces sí sabes?

Enmudecí...

—No...

Nuevamente estallaron a risotadas los muy cabrones.

—A ver —tomó la palabra el moreno —, primer punto, éste pendejo y yo —señaló al alto— así nos llevamos, no te espantes; segundo punto, trae ese cigarro, nosotros te enseñamos.

Obedecí a las palabras de ese güey. Rápidamente me adoptaron como uno más de su bolita, se presentaron por sus apodos (sus nombres los supe mucho tiempo después, pero ya estaba tan acostumbrado a hablarles por el alias que sus nombres a veces se me olvidaban). El alto era el Varilla, el gordo era el Obtuso,   el drogadicto era el Gryffindor y el moreno era el Israelí. Mientras escuchaba sus sobrenombres no podía evitar reírme, mi risa era tan escandalosa, aguardientosa que velozmente me apodaron el Chicarcas. Ni yo mismo sabía que mi risa era de ese color, jamás había estado con personas que me hicieran reír así. Me agradó eso.

Pese a la pinta que el Varilla y el Obtuso se cargaban, eran buenas bestias. Es decir, si uno los ve por la calle sí anda guardando su teléfono y la cartera muy bien, ya que parecen malandros; sin embargo, son bien chidos, buena gente. Aunque, con el tiempo, mi acercamiento con el Israelí era más profundo que con el de los otros dos. Me enseñaron a fumar, a chiflar, a chasquear los dedos, a alburear. Uno pensaría que no son amistades convenientes, pero no sólo me enseñaron desmadre, también de cosas padres, especialmente el Israelí, con él podía hablar sin *tabúes* de ningún tipo, era mi compa gay, compa con el que se podía contar si tenía un pedo en mi casa o en la escuela.

Llevaba varias semanas juntándome con mi nueva pandilla, todos los viernes de ley nos reuníamos los cinco en el Parque de la Roja, a veces sólo el Israelí y yo, ya que el Varilla y el

Obtuso tenían que ir algunos días a encontentar a sus novias, el Gryffindor prefería irse a monear con los de tercer año; la neta nos preocupaba todo el tiempo se la pasaba drogado. Israelí ponía los cigarros y el agua de horchata de la paletería de enfrente mientras yo me encargaba de llevar los chetos de borrego. Era casi casi una tradición de ese güey y mía empacarnos la boca con chetos de borrego.

En una ocasión me encontré a Agapito en la abarrotería del Güero (ya que está cerca del parque), me atrapó comprando chetos de borrego, algo que le sorprendió muchísimo, ya que durante el tiempo que me junté con ellos jamás tragamos esas porquerías. Además de saludarme, contarme cómo estaba él, Vicente y Fermín, me interrogó por los chetos, quiso saber desde cuándo comía esas cosas y por qué había comprado tanto.

Intenté desviarle la plática, mas no lo conseguí, ahuevo quería saber. No le conté la historia de mis nuevos amigos, cuya personalidad era totalmente distinta a la de ellos para evitarme la fatiga de rendir explicaciones; a decir verdad, no me avergonzaban mis cuates, pero me bastaba con que yo solito me entendiera. En mi casa tampoco sabían de mis compas (si sabían que esos güeyes me iniciaron en el vicio del cigarro mi madre cuelga los tenis; ¡pero los míos! A un poste de luz sin quitármelos). También ella y los demás se extrañaban de verme regresar con una bolsa de chetos de borrego casi cada noche cuando decía que salía a dar una simple vuelta. Y es que cuando sólo éramos el Israelí y yo los chetos no se podían acabar completamente, por eso me los propinaba yo.

El primer año de la preparatoria fue así, pese a que nuevas amistades surgían, los cinco iniciales siempre estábamos juntos, en cada peda que se organizaba nosotros cinco estábamos apuntados, del mismo modo que en los pedos, aunque el más callado de todos era el Gryffindor no por cohibido, sino por drogadicto, se reusaba a salir de su viaje astral en el que vivía constantemente. Fuera de eso, éramos verdaderos compas, no chingaderas, especialmente el Israelí y yo, y el Parque de la Roja era nuestra sede, casi siempre podían encontrarnos ahí.

El tiempo pasó y poco antes de que se culminara el primer año del bachillerato, sucedió una desgracia: al Gryffindor se le pasó la mano y ese sí colgó los tenis. Fue un bajón terrible. La noche de su sepelio le dije a mi madre que no tardaba, que salía a dar una vuelta como de costumbre no obstante se sorprendió de verme vestido de luto con la misma bolsa de chetos de borrego de siempre. No atendí sus dudas, nomás dije que no tardaría.

Cuando aparecí en la casa del Gryffindor el ambiente era desgarrador, la familia del fallecido estaba destrozada en lágrimas, todos de negro (qué color tan triste); unas señoras, que yo imagino eran sus tías, repartían café con pan, a la vez que otras se encargaban de hacer los rosarios o algo así; nunca fui experto en esas cosas, los velorios me ponen la piel chinita. Una foto tamaño caguama del Gryffindor (se veía muy decente mi amigo, yo creo que esa foto se la tomaron cuando él estaba más chico porque no se le veía el rostro chupado como lo tenía en la actualidad de tanta madre que se metía, esos sí, se ve que siempre fue chaparrito), estaba encima del ataúd, reposando sobre una corona de flores.

El Varilla, el Obtuso y el Israelí ya estaban ahí esperándome. Los cuatro rodeamos el féretro abierto (habían vestido al Gryffindor con un traje claro), estábamos hechos un chilladero.

Nos conocíamos tan bien que, sin necesidad de coordinarnos, nuestra telepatía se sincronizó: aguardamos a que los familiares se retiraran una vez terminado el rezo; entonces el Obtuso le metió una cajetilla de Camel en la solapa del traje del Gryffindor a escondidas de su devastada familia, el Varilla y el Israelí me hicieron casita para que pudiera comprimir la bolsa de chetos que llevaba y podérsela echar a nuestro amigo ahí en su caja, para su último viaje. Los mismos que me hicieron casita fueron a la tiendita de la esquina, compraron una botella de agua chiquita, la vaciaron en las plantas de la casa y pusieron un poco del agua de horchata que acostumbrábamos tomar, de tal manera que no le faltara nada a nuestro buen René, nuestro buen Gryffindor.

Por fortuna nadie se dio cuenta de nada de lo que metimos, discretamente cerramos el ataúd, no queríamos arriesgarnos a que pensaran que nos estábamos burlando por la muerte de ese güey, pero sólo nosotros cinco nos entendíamos y sabíamos que, si otro de nosotros se hubiera pelado, el Gryffindor hubiera hecho lo mismo.

Pasado el sepulcro, nunca volví a reunirme con la misma frecuencia con el Varilla y el Obtuso, se alejaron mucho de nosotros y entre ellos mismos, pues el fallecido fue quien los presentó a ambos, aunque era un sujeto medio mudo era la razón por la que la pandilla existía. En cambio, el Israelí y yo continuamos con la amistad, tragando chetos de borrego. Ahora éramos nosotros dos. A pesar de que se sintió gacho perderlos a ellos también fue genial conservar un gran amigo.

«Pinche Chicarcas, si tú también me dejas de hablar, te rompo tu madre».

Lo que buscaba lo había encontrado.

ISRAELÍ

Mil pasos (con Antoine Essertier)
Soha

Crecer es lo más raro del mundo. Cuando eres chamaco te diviertes con cosas que, de grande, reemplazas cabronamente. Los niños dejan los cochecitos a control remoto para endeudarse con escandalosas motos Italikas, cambian los muñequitos de luchadores por muñecas inflables (si muy urgidos están), las golosinas por condones, las caricaturas por la pornografía; las Barbies por Kens a escala real en modelos llamados chakales, los nenucos por embarazos reales a temprana edad, los calzoncitos de Kitty por tangas de hilo dental, la comida de mamá por drogas chafas, la soda por caguamas, el maquillaje de la pubertad por filtros de perro de Snapchat... en fin...

De chamaco siempre supe que fui bastante raro, no era como otros, no jugaba Play, ni me gastaba el dinero de las tortillas en las maquinitas, no veía ni sabía jugar fútbol (siempre me dio miedo el balón), no les jalaba las trenzas a las niñas ni les levantaba la falda para verles los calzones, no me agarraba a moquetazos y entre otras cosas más que llevaron a mis compañeritos de la primaria a concluir que yo era "maricón". Aunque sólo fue por esos prejuicios pendejos que ellos asumieron que a mí me gustaba el "arroz con popote" (como se decía en ese entonces), lo cierto es que fue una profecía. Irónicamente ellos lo supieron muchos años antes que yo; ¡Tuvieron razón!

Según yo, me gustaban las niñas, recuerdo incluso haber babeado por una en la primaria, me gustaron sus trencitas, los brackets en su sonrisa todos esos seis años; Nancy, se llamaba. Jamás me peló. Sin embargo, cuando entré a la prepa, la hormona se me alborotaba, pero para el otro lado. Reemplacé mi gusto hacia las chicas por el pito.

Fernando era el nombre del chavo que me movía el tapete en la prepa, mas todos lo llamaban "Fercho". La neta ni yo sé por qué me gustaba; no es por ardido (puesto que ese vato tampoco me hizo caso), pero no era para nada atractivo: chaparrito, gordito, prietito; todos los días con la misma chamarra café puesta sobre el uniforme, barbón, amanerado, obsesionado con las *Cincuenta sombras de Grey*; pero cuánto me gustaba el desgraciado posiblemente por el hecho de que era el único joto de la escuela, bueno al menos el único registrado, por así decirlo, el único conocido.

No obstante, no me armaba de valor para admitir que Fercho me gustaba, que los hombres, en general, me gustaban. Tenía tanto miedo, estaba repleto de dudas; así que decidí hablar con la única persona que podía ayudarme, mi compa el Israelí. Desde que nos hicimos amigos, aquel día en el Parque de la Roja, noté que era gay; me divertía su manera de fastidiar al Varilla y a otros amigos heteros que tenía, admiraba su seguridad, su convicción, parecía no aterrarse con nada.

Cité al Israelí en el Parque de la Roja, sólo que esta vez nos reunimos bajo la única palapa que cuenta con una mesa, no hubo chetos de borrego ni agua de horchata (como era nuestra tradición), nada más cigarros de por medio. Llegó ligeramente tarde, como de costumbre. Pese a que tenemos el hábito de hablarnos con insultos, tratarnos con empujones, ligeros zapes; esa fue la primera de muchas ocasiones en las que decidimos hablar seriamente, ya que le dije que lo que tenía que hablar con él era *delicado*.

Le hice saber mis inquietudes, el pavor que me producía mi familia, la gente en general; sabía que no era nada malo, pero no todo el mundo comparte ese pensamiento, allá afuera todavía existe mucha intolerancia, sobra la estupidez colectiva. Él me dijo que me tranquilizara, que no era el fin del mundo, que no sería la primera ni la última jota (desde ese momento ahora nuestros insultos eran en femenino) que se enfrenta al mundo; pero que sí sería de las pocas que no estaría sola, pues siempre podría contar con su apoyo.

Me platicó su historia, lo complicado que al día de hoy resulta no agachar la cabeza, "ser", pese a todo lo malo, "empoderada". La verdad, me sirvió un chingo platicar con ese güey; fue el primer abrazo que nos dimos, lloramos tanto que dejamos que los cigarros se consumieran por sí solos... desde ese día nos convertimos en mejores amigos.

Días después de meditar, de reconocerme a mí mismo, asumí mi gusto por el chile (como que eso de la bisexualidad no es para mí) y salí del clóset. Escribí una carta a mis padres explicándoles cómo me sentía por dentro, lo que verdaderamente me latía. Mi hermano mayor y mi jefe tuvieron un poco de conflicto para aceptarlo instantáneamente; sorpresivamente mi madre, la que me regañaba casi a diario por cualquier pendejadita, aquella señora enojona que siempre me criticaba mi forma de vestir y me obligaba a saludar de beso a las primas que me caen de la patada; esa mujer fue la primera en plantarme un beso empapado por el llanto, me estrujó contra sí vociferando «tú siempre vas a ser mi hijo y te voy a querer como sea que decidas ser», ¡no mames, me sacó las lágrimas a mí también!; luego de dos días, mi jefe y mi carnal igual me dieron un abrazo llorando (como si les hubiera dicho que me quedaban cuarenta y ocho horas de vida); pero, bueno, al menos ya no tenía que estarme escondiendo, teniendo el apoyo de ellos yo me sentía más seguro de salir a la calle sin ocultar quién soy. El resto de la familia se escandalizó terriblemente, excepto mi primo Iñaki, él y yo siempre fuimos unidos y me apoyó bastante. Si Dios me perdonaba o no, eso ya me valía madres.

El Israelí me ayudó un putero para que Fercho se fijara en mí, hasta me ayudó a cambiarme el peinado y toda la cosa; sin embargo, todo fue en vano, ese pendejo no quería nada conmigo; mas lo tuve que aprender a la mala como todo en mi vida: jamás olvidaré el día que lo trataba de convencer de que no fuera puto y me diera el sí. Lo que conseguí fue que me gritoneara «¡ya te dije que no, cabrón! Entiende, no me gusta tu cara de ratón.» Exclusivamente de esa manera me quedó clarísimo que no tendría chance con Fercho, a mí y a toda la escuela que lo escuchó, porque eso fue a la hora del recreo.

Posteriormente fui a chillar con mi compa y éste estaba decidido a reventarle el hocico a Fercho por haberme gritoneado frente a toda la Celestín, la prepa más cruel de todas. Por fortuna logré detenerlo, aunque después me arrepentí de eso, pero no quería buscarle un pedo al Israelí por defenderme en mis pendejadas. En ese instante supe que ese güey y yo éramos más que mejores amigos, éramos como hermanos.

La gente se sorprendía de una amistad tan genuina como la nuestra, les costaba trabajo creer que entre nosotros jamás ocurrió nada sexual o romántico, ni siquiera un beso; a pesar de que luego él se quedaba a dormir muchas veces en mi casa (mi madre le adoptó un aprecio enternecedor), en la misma cama que yo o que a veces nos cambiáramos de ropa juntos sin morbosearnos. Luego él jalaba a mis comidas familiares para rescatarme del aburrimiento que antes me producía asistir a las mismas.

El Israelí era muy popular en la preparatoria, su presencia siempre era solicitada en cada disturbio etílico que se armaba en la Pulcata trasera de la escuela, por ende, jalaba también yo; no había una sola alma en toda la prepa (incluyendo al profesorado) que no supiera que éramos inseparables. Fue mi mentor en varios asuntos que respectan a la comunidad LGBTQIA+, aprendí la jerga, costumbres y prácticas de la vida gay; incluso desarrollé mi radar para detectar jotos disfrazados de heteros los famosos "bugas".

De eso y muchas cosas más aprendí con él, aprendí de la vida estando con él, contando con su hermosa hermandad. Compartimos episodios chingones y otros más culeros. Aun con todo, estuvimos ahí el uno para el otro, incluyendo la vez que a ese güey le dio sífilis y estaba todo paniqueado porque pensó que la verga se le iba a caer, mas lo llevé rápidamente al Similares para que recibiera el medicamento pertinente para poderse liberar de esa chingadera.

Él me chismeaba de sus pedos amorosos, yo de los míos (porque obvio, después del ojete del Fercho, tuve otros), aunque a veces nos sabroseábamos mentalmente al mismo vato, jamás tuvimos un pleito por ninguno de ellos. Sin embargo, hubo un acontecimiento que le dio un giro de tuerca cabronsísimo a nuestra fraternidad; "Gabriel". El primer novio que le conocí al Israelí; un escuincle de secundaria que lo traía enculado. Al principio yo me alegré mucho por mi amigo (ya que él no sería una quedada), me esmeré por simpatizar con Gabriel, mas él se encelaba mucho de mí precisamente por la clase de amistad que su querido y yo sosteníamos. El Israelí me decía que domaría a su fiera, pero sus pleitos por "mi culpa" eran más asiduos, luego mi compa me pedía vernos cada vez menos y cuando lo hacíamos era para desahogarse, ya no sabía cómo aturdir los celos de Gabriel; tampoco quería cortarlo, así como tampoco ponerle punto final a nuestra amistad... me hacía sentir pésimo.

Una ocasión que habían tenido una pelea fuera de todo control, el Israelí llegó a la puerta de mi casa pasada la medianoche. Estaba golpeado del rostro, le habían metido la madriza de su vida. Me contó que Gabriel y él se habían agarrado a chingadazos y que él también le propinó unos putazos al otro; los celos de su novio eran desmedidos, ya no sólo era yo su enemigo mortal, sino todo individuo que tuviera pene. No obstante, mi amigo estaba enamorado. Le di asilo en mi casa.

A la mañana siguiente, resolví alejarme definitivamente de él con el objetivo de no buscarle más problemas, o al menos que tuviera uno menos. En un comienzo mi amigo rechazó mi idea, más rápidamente fue persuadido por él. Le aseguré que yo comprendería perfectamente todo, que si ese era un remedio para que él y Gabriel convivieran en armonía, lo aceptaba;

finalmente mi compa, que tanta mierda ha sufrido, se merecía intentar ser feliz con el celópata de su novio.

Lo que restó del ciclo escolar fue sumamente triste, puesto que el Israelí me miraba por los pasillos y me volteaba la mirada (aunque su vato no estuviera ahí), ya no asistía a las pedas de la prepa. Las personas, por supuesto, no pasaron inadvertido este acontecimiento, como una colmena se posaban sobre mí con intención de exprimir todo el chisme del porqué de nuestro alejamiento. Yo me limitaba a responder que no pasaba nada, simplemente queríamos tomarnos un descanso uno del otro; él no sé qué excusa daba. Lo más gacho fue que continuábamos viendo nuestras historias de WhatsApp, publicaciones de Facebook, sin hablarnos...

La neta sí me hizo un chingo de falta mi mejor amigo, mi hermano; fue una temporada donde las broncas en mi cantón aumentaban, mi gato y mi abuelo se me habían muerto. Me sentía terrible, no sabía cómo lidiar con todo el dolor.

Recuerdo que había comenzado a salir con un chico fresón, nos hicimos novios, duramos ocho meses. Reconozco que su presencia en mi vida me ayudó demasiado a distraerme de todos los sufrimientos que me habían sobrepasado. Aunque fue un noviazgo bonito (antes de enterarme que me puso el cuerno con su ex). El Israelí siempre me hizo falta en esos momentos donde quería contarle lo bonito de mi relación y en esos otros donde me estaba cagando en la depresión por la ruptura que se suscitó después.

Nunca le guardé resentimiento a mi hermano, pero lo extrañaba demasiado...

Un día que quise mandar todo al carajo, salí de mi casa con mis audífonos, mi celular y una cajetilla de Pall Mall, me dirigí al Parque de la Roja determinado a chingarme los veinte cigarros de la cajetilla y no regresar hasta entonces. Aparecí alrededor de las seis y cacho de la tarde, me recosté en una de las bancas de cemento alargadas cercanas a las canchas de básquet, valiéndome ya todo, incluso el vagabundo que residía ahí, el cual no me retiraba los ojos de encima. Me dormí por un rato y poco antes de que la pila de mi teléfono se apagara (tampoco es que estuviera totalmente cargada), desperté notando que ya eran más de las ocho y media. Me incorporé ante el vacío que se respiraba en el parque, luego con el pinche alumbrado chafa que había la neta sí me quise orinar del susto, especialmente porque ya no veía al pordiosero. Comencé a preocuparme.

En ese instante, una mano tocó mi hombro por atrás, me puse tan blanco que yo creo que la sangre se me quebró, el calzón se me hizo marrón deslizándose hasta mis tobillos, sudé a madres por creer que ya había valido verga, que el vago ese ya me iba a bolsear el celular. Pero nada más alejado de la realidad: era el Israelí hecho una Magdalena, eso me aterrorizó más, pensé que ya estaba viendo alucinaciones a causa del miedo.

—¡Güey, perdóname! —Balbuceó — No sé si fuiste más pendejo tú por haberte alejado o yo por habértelo permitido. ¡Pus, no mames, tú eres mi hermano!

Lo abracé al momento que terminó de escurrírsele el moco, le dije que no había ningún problema, que siempre lo he querido y lo querré como mi hermano del alma por toda esta mugrienta vida. Posteriormente nos trasladamos a mi casa a echarnos un cafetín, me contó que ya se había separado definitivamente de Gabriel desde hacía dos meses, mas le costó trabajo buscarme para hacer las paces, ya que él comprendía que la amistad que suspendió no era algo que debía excusarse por chat.

Mientras charlábamos fue como si el tiempo se hubiera desvanecido por completo, como si todo ese año que estuvimos alejados nunca hubiera existido, porque todavía platicábamos con absoluta fluidez, rememorando nuestras viejas andanzas, chistes locales... todo. Ambos sabíamos que todo sería mucho mejor entre nosotros de ahora en adelante, pues luego de haber estado separados un periodo considerable, comprendíamos el valor de nuestra amistad.

A partir de esa noche dejamos de hablarnos por el apodo y comenzamos a referirnos con nuevos insultos, aunque también ya nos referíamos recíprocamente con nuestro verdadero nombre.

Extrañé mucho a mi amigo Leandro.

VOY POR LAS CROQUETAS

Ronroneo
Mon Laferte

Eran vacaciones escolares, no recuerdo exactamente cuáles, me limitaba a agradecer que no veía al culero de trigonometría por unas cuantas semanas. Leandro, mi mejor amigo, se había ido a vacacionar con sus parientes a Morelos y como lo habían asaltado hacía poco tiempo, no tenía manera de comunicarme con él, pues estaba sin celular; por lo tanto, yo estaba más aburrido que una ostra. Es decir, fuera del quehacer que mi madre me ponía a hacer todos los días, no tenía nada más en qué echar la tarde. Ya me había aventado medio catálogo de Netflix, escuchado varios álbumes musicales nuevos, intenté hacer ejercicio, pero la neta me dio un chorro de flojera al cuarto día (de la lectura ni hablar); incluso me había puesto a adelantar la tarea de vacaciones de lo aburrido que estaba. Neta a veces era tanto el ocio que me daban ganas de agarrar una lupa y achicharrar hormigas como cuando estaba morrito.

El único momento donde salía era en la noche, cuando iba por el kilo de croquetas diario del tragón de Spike, ahí en la abarrotería del Güero, un viejito como de cien años que siempre sostenía un *Camel* a medio apagar en los labios. Sólo entonces podía orearme un poco y enviciarme otro tantito con un cigarro. La chava de la tienda que está frente a la abarrotería ya sabía que todas las noches iba por mi cigarrito, «¿lo de siempre?» Preguntaba divertida. Extraño le resultaba cuando iba a comprar otra cosa que no fuera eso.

Mi periodo de descanso escolar prometía ser de lo más ordinario...

Sin embargo, una de tantas noches que fui por la croqueta del perro, ocurrió algo fuera de lo monótono:

Aparecí a la misma hora en la abarrotería, mas el Güero me dijo que en un momento me atendía, ya que al parecer estaba despachando a un chavo que quería vaciarle todo el local: verduras, desechables, botanas, enlatados, semillas, jamaica, pan molido y un buen de cosas más. Jamás lo había visto por la colonia, no parecía ser de aquí; no obstante, mi atención no me la robó la cantidad de productos que pidió, sino su enorme trasero, dos caparazones. Mi fascinación fue demasiado evidente, que cuando terminé de verle las nalgas, subí la mirada hasta su rostro, él ya había establecido un contacto visual profundo, ininterrumpido en el proceso de sus compras.

A decir verdad, no era precisamente guapo, pero ese culazo y esa mirada seductora sabían hacer lo suyo, hacían que la corpulencia de su cuerpo, el resto de su cara; en fin, que todo lo demás fuera fácil de ignorar. Al menos era alto.

Cuando el Güero ya estaba por entregarle al chavo (le calculaba unos veintisiete años) todo lo de su lista, el susodicho le encargó algo más: dos cocadas anaranjadas que tenía en su sección de dulcería; el Güero se las dio al instante y el chico me devolvía la mirada de vez en vez, incluso demostrando cierto rubor en sus cachetes, a veces giraba la cabeza un poco para ocultar las sonrisas que al parecer yo le provocaba. Admito que su sonrisa era encantadora. Cuando ya estaba guardando sus cosas, peló los dientes observándome, vacilando en sus movimientos, nerviosamente, como si quisiera decirme algo; pero ya por fin le habían entregado su cambio, ocultó sus gestos conquistadores y se alejó del lugar.

Al compás de que se distanciaba, volteaba a verme mientras me despachaban la croqueta. Decidió sentarse en una glorieta rosada, pegada a la abarrotería, conocida como "Los Arcos", cuya enorme palmera central era lo que la hacía distinta de las otras en Santa Bárbara (más concurrida ahora que contaba con aparatos de ejercicio al aire libre). Sentado sobre la periferia de concreto grafiteado, se dispuso a comer una de las cocadas que había comprado de último momento, comía observándome de forma subliminal el cabrón (ahuevo).

Una vez que el Güero me dio la croqueta, me distraje unos segundos buscando un billete de cien pesos en los bolsillos de mi pantalón; como no lo encontraba estaba empezando a creer que lo había olvidado en la casa, hasta que finalmente lo encontré. Cuando entregué el dinero, regresé mi atención al chavo, mas ya no estaba ahí. «¡Mierda!», pensé.

Agüitado y todo, tomé rumbo hacia mi casa. Al pasar por Los Arcos, un objeto pequeño de color naranja sobresalió de la oscuridad natural de la rotonda, como una luciérnaga: era la cocada faltante que el chavo compró hace rato. Subí los cuatro escalones de piedra del lugar revisando el perímetro esperando encontrarlo, pero el sito estaba vacío. Me volví hacia la golosina dibujando una mueca divertida en mi rostro, la tomé entre mis dedos llevándomela a la boca para el primer mordisco, los extremos internos de mi mandíbula se crisparon. Fue una sensación satisfactoria, como si de un beso se tratase.

Al tiempo que dejaba caer las croquetas de Spike sobre su plato, no podía evitar figurarme ciertas preguntas en la cabeza «¿le habré gustado?, ¿será joto?, ¿habrá dejado esa cocada apropósito para mí?, ¿volveré a verlo?»

¡Por fin algo emocionante estaba ocurriendo! Me nacieron muchas ganas de ver a Leandro para contarle lo que me había pasado, pero como no tiene teléfono el güey, era imposible. Viéndolo desde otro lado, convenía esperar, no adelantarme a nada, primero debía esperar a volverme a encontrar con ese sujeto.

Las próximas tres noches me fui bien bañadito, con las camisas más ajustadas y coquetas que tenía en mi armario, con una pasadita extra de gel en el pelo, ni siquiera fumaba para no arruinar el aroma del perfume que me había echado... Todo había sido para ni madres, el chico no apareció en ningún momento. Luego de comprar croqueta, me sentaba en la Glorieta de los Arcos unos minutos para ver si me lo encontraba... nunca pasó.

El resto de la semana iba medio pandroso, despeinado, con mi acostumbrado *Pall Mall* en la mano y audífonos colocados con *Enjambre* tocando a todo lo que da. Total; sólo iba a comprar la pinche comida del perro.

Recuerdo que fue un jueves cuando el clima había amanecido especialmente nublado, amenazando con llover, pues el cielo tronaba constantemente. A partir de las siete de la tarde, mi madre me pidió que fuera por el alimento de Spike, que no me esperara hasta la noche, porque un tormentón estaba por comenzar. Rápidamente me puse mis chanclas *crocs* y un suéter largo color negro. En la calle parecía que había un ventilador turbo, ya que el viento levantaba todo a su paso.

Afortunadamente la abarrotería estaba cerca de casa, cuando llegué, el Güero estaba levantando su mercancía, debido a que las primeras gotas de lluvia ya comenzaban a caer; un cliente le estaba ayudando a meter los costales de croqueta al compás que el viejito me despachaba la mía. Cuando terminó de hacerlo, al cliente no le cobró la bolsa de limones ni el *Tajín* que le había pedido, en forma de agradecimiento por apoyarlo en esa tormenta.

En cuanto la persona que ayudó al Güero se bajó el gorro de la sudadera que usaba, lo reconocí, era aquel chavo de hace una semana. Aun con mis fachas y el monzón de por medio, estoy seguro que igual me reconoció, ¿cómo lo sé? Porque dejó que la bolsa de limones impactara sobre el pavimento encharcado de la impresión de verme. Me apresuré a ayudarlo a levantar sus cosas y de un parpadeo a otro ya estaba frente a él encarándolo, respirando nerviosamente tanto como yo. Le extendí lo que se le cayó, dudó un par de segundos, luego recibió sus limones con todo y mi mano de modo brusco.

Empezó a correr, sujetándome de la mano, hacia el Parque de la Roja (quedaba ahí cerquita) para refugiarnos del agua bajo una palapa. Nosotros íbamos llegando cuando un grupo de niños con uniformes de futbol iban saliendo de las canchas. El parque se quedó deshabitado. Me condujo hacia el refugio contra ese diluvio, se sentó en el piso (estábamos en una de las palapas que no tenían mesa), sin soltarme la mano, por tanto, caí con él. Permanecía resoplando como si hubiera cometido un secuestro, no me decía nada, no me miraba; únicamente estrujaba su palma más fuerte contra la mía, comenzaba a pensar que ya no eran gotas de lluvia las que sentía, sino sudor. Yo tampoco sabía cómo reaccionar.

Permanecimos callados varios minutos en medio del escándalo del aguacero. Después se rompió el silencio:

—¿Te comiste la cocada? —Titubeó.

Me chiveé.

—Estaba rica —asentí con la cabeza.

Cuando asentí con la cabeza, el silencio incomodísimo se estaba apoderando de ambos otra vez, así que decidí, ahora, preguntar yo.

—¿Cómo te llamas?

No respondió.

—¿Cuántos años tienes?

—Más que tú, al parecer...

—¿Y eso qué? —resolví volteándolo a ver.

Correspondió mi ademán. Lentamente conduje mi mano temblorosa hacia su cara, luego de haber soltado las croquetas, le retiré el cabello mojado de la frente, sentí el calor de sus mejillas, sus espasmos los sentía como míos. Inmediatamente él me sujetó la cara, comenzó a besarme agresivamente (también en el cuello), incluso me mordió el labio inferior, el cabrón; quise separarme en cuando sentí la mordida, pero le valió: el beso se volvió faje, me metió mano dentro de la playera, del pantalón. Él no me dejó hacer lo mismo. Me excitaba, aunque era muy tosco. El ruido de la tormenta nos tiró paro, ya que de esa forma no se escuchaban los gemidos animalísticos de ese güey.

Sólo hasta que la última gota de lluvia cayó del cielo, pudimos abandonar el parque. Más o menos en quince minutos. Inesperadamente ya no tomó mi mano cuando decidimos irnos de ahí. Al caminar, recibió una llamada telefónica de una mujer que preguntaba si había comprado el limón y el Tajín para las palomitas, él contestó afirmativamente. Cuando colgó la llamada, intenté pedirle su *WhatsApp*, nomás que me mandó a la verga, dijo «¿pá qué o qué?»; eso sí, me dijo que mañana nos veríamos en este mismo lugar a las ocho de la noche; así nomás por sus huevos. Le dije que sí.

Cuando llegué a mi casa mi mamá me regañó por la tardanza, me excusé diciendo que me había encontrado a un compañero de la prepa con el que me había quedado platicando. No me dijo más. Alimenté a Spike y en chinga me lancé a mi cuarto para jalármela, ese güey me había dejado bien caliente, al momento de desvestirme me di cuenta, en el espejo, que ese pendejo me había dejado un chupetón en el cuello, cerca de la clavícula derecha. En fin, mañana lo arreglaría. Una pajita y a mimir.

Al despertar me puse a ver un tutorial en Tik Tok sobre cómo quitarme el chupetón que ese chavo me había hecho ayer. Me puse como idiota a derretir unas barras de chocolate en el horno, para luego untarme la mezcla caliente con una cuchara metálica utilizando mucha fuerza una y otra vez. Fue muy molesto, mas el resultado fue sorpresivo, el chupetón se veía menos. Sin embargo, toda la tarde tuve que usar un suéter de cuello de tortuga para evitar que cualquiera de mi familia me descubriera.

Llegada la noche me esforcé por verme galán para la cita, o lo que sea que fuese, retomé los atuendos que había utilizado cuando buscaba a ese güey. Vi la hora en mi teléfono ansiosamente, esperé a que dieran diez para las ocho, faltaba poco. Avisé a mi madre que iría por las croquetas, me dijo que ya sabía dónde estaba su monedero, que tomara cincuenta pesos. Obedecí gustosamente.

Salí de casa escuchando, con audífonos, *Candyman*, pasé con el Güero por las croquetas, seguido de ahí me trasladé al Parque de la Roja.

Esta ocasión no estaba del todo solitario el lugar, unos cuantos chicos aprovechaban la diversión que brinda las rampas, montados en sus patinetas y bicicletas; había un señor ejercitándose en las barras, no había nadie más. Busqué al Vato en el mismo punto de ayer, no lo veía, las tres palapas estaban desiertas. Acto seguido escuché un «¡chs, chs!» que provenía del baño restringido. Ahí estaba él, sonriendo. Me acerqué para saludarlo con un beso, no obstante, no me dejó (porque había gente alrededor). Solté una carcajada, una mueca de exageración.

Tomé su mano para que pudiéramos ir a una mesita a platicar, mas no se movió, permaneció duro. Le pregunté si pasaba algo, secamente negó y antes que pudiera decir otra cosa me apretó contra el para besuquearme (esta vez tuve precaución para que no me dejara otro chupetón). Al presentir que no tenía deseos de charlar, mientras me manoseaba le hacía preguntas, no me respondió casi ninguna y la única que recuerdo es que apenas se había mudado a Santa Bárbara, por eso llevaba muchas cosas de la abarrotería la noche que nos encontramos. Dijo que se había mudado solo, pero por la llamada que recibió ayer, mi mente creyó lo contrario (preferí no desmentirlo).

No estaba completamente seguro de si ese güey tenía orgasmos en seco, pero no se masturbaba cuando fajábamos, nada más; pasados unos once minutos más o menos, exclamaba un alarido placentero, de esos que se escuchan cuando los hombres se vienen. Era raro ese güey. Concluyendo su excitación, me decía que nos veríamos igual mañana en la noche. Se fue ahí no sin antes pedirme que me esperara unos segundos para que yo me fuera, para no levantar supuestas sospechas.

Confieso que en mi mente todo era más interesante, ese pendejo era más interesante en mis pensamientos. Meditándolo con la almohada, llegué a la decisión de no tratarlo más, la neta ese vato me inspiraba una hueva tremenda. Me convencí de que mañana lo vería para decirle que no nos veríamos más.

La siguiente noche realicé mi rutina habitual, excepto que ya no estaba impaciente por la hora de encontrarme con él. Me dediqué a ver una película en la tarde, la cual terminó casi a la hora en que nos habíamos citado; bueno, en la que él me citó.

Por inercia, comuniqué a mi mamá que iría por las croquetas de Spike, tomé efectivo de su monedero y salí. Como esta ocasión sería muy breve, decidí pasar primero al Parque de la Roja, mandar a ese güey a la verga e ir por mi mandado.

Sorpresivamente él no estaba en el parque, lo busqué por el baño, en las palapas; hasta prendí la linterna de mi celular para facilitarme la búsqueda, ¡nada! No estaba ahí. Aguardé unos diez minutos, pero ni así llegó... Suspiré desairado, no pensaba esperarlo más tiempo, por ende, me largué.

Caminé tranquilamente hasta la abarrotería del Güero, pedí el kilo de croqueta de todos los días. En tanto me despachaba, sentí algo raro que me rozó la espalda, volteé por reflejo involuntario: ¡Baia, baia! Era nada más y nada menos que ese pendejo, quien fingió no conocerme, posiblemente por la chica embarazada que estaba agarrada de su brazo, la que, por alguna extraña razón, le reclamaba sobre algún asunto, a su vez, le llamaba "mi amor". Sólo podía pensar que era un ojete curiosón.

Ellos compraron fruta, más que nada; sin embargo, ella, dentro de su encabronamiento, le pedía a él que le comprara un dulce; él de mala gana quería conocer qué dulce quería que le comprara; ella estaba indecisa. El Güero ya me había entregado la croqueta, mi respectivo cambio y antes de que continuara atendiendo a la pareja que se estaba peleando en sus narices, le dije:

—También deme una cocada, ¡por favor!

Inmediatamente el anciano me dio lo que le pedí, le puse unas monedas en su mano, di la vuelta hacia los "enamorados" y me planté frente a la chica.

—Toma —le dije; ofreciéndole la cocada de modo indiferente —, te subirá el ánimo, créeme.

Ella aceptó el dulce, desconcertada, el vato me arrojó una mirada pistolera (hasta cierto punto me hizo gracia haberlo hecho emputar). Me retiré de ahí alcanzando a escuchar cómo la chava insistía en sus reclamos a su novio:

—¿Ves? ¡Mejor el chavo que tú, Héctor!

Bueno, al menos ya sabía su nombre.

CRUISING

Panadero
Los Super Elegantes

Alguna vez escuché que la primavera es la estación del año en que los adolescentes andamos con las hormonas desquiciadas, que sólo tenemos un pensamiento en la cabeza; "coger". Entonces yo dije que esas son mamadas. Pero la neta sí es cierto.

Me acuerdo bien por esas fechas de calor, cuando yo estaba en la famosa edad de la punzada, me la pasaba pajeándome casi todo el tiempo y nomás la pinche calentura no se me iba del cuerpo. Mi cuate Leandro me había recomendado bajarme una aplicación de "ligue" para putos llamada; *Grindr*; me ayudó a crear una cuenta, un perfil muy completo con mi mejor foto, me explicó el funcionamiento de cada cosa de la aplicación; los *taps* (en lugar de *match*), las pegatinas graciosas de ahí, mandar audios, poner como favorito a un usuario, a bloquearlos, ocultar la distancia, galería de *nudes*, explorar otras zonas; tácticamente todo... la única advertencia que Leandro me hizo fue que recordara que *Grindr* es lo peor de lo peor, calaña de mala muerte, que esa aplicación es únicamente para coger y nada más. Tomé en cuenta su consejo y me puse a cazar vatos. Nos llevamos una desagradable sorpresa ver al secretario de nuestra escuela en esa aplicación, tiene una cara que sólo su madre podría amar (pero aquí, imagino, hay gustos para todos).

No es por menospreciar que vivo en el Estado de México, pero los güeyes de aquí no estaban tan chidos, al menos no los de Santa Bárbara Ixtapaluca (no es que uno sea *Johnny Bravo*, pero tampoco *Quasimodo*) con una mano podía contar a los galanes de por aquí, pues la mayoría aun sin estar mamados, guapos o simpáticos eran bien pinches mamones y calientahuevos, que era lo peor de todo, unos de plano ni foto de perfil tenían. Admito que la cara no siempre era lo atractivo, a veces lo era más la verga o el culo que te mandaban para iniciar una conversación o si de plano se estaba demasiado urgido, ya no importaba nada, sólo que dijera que sí. En mi caso, no pude echarme a todos los galanes de la zona, y los otros pocos que me saboreé sólo puedo decir que cumplieron su función; bajarme la calentura. Con algunos repetía, otros los bloqueaba. Descubrí que los chaparritos son los que mejor se la rifan.

Ya llevaba un periodo considerable en *Grindr* y había un usuario en particular con el que siempre me cachondeaba por chat (las videollamadas me dan un chingo de hueva), vivía a unas calles de mi casa; nunca se nos había presentado la oportunidad de vernos, en nuestra casa no se podía por la familia que estaba dentro todo el tiempo, dinero para una mugrosa posada no teníamos; estábamos jodidos. Lo más cagado de estar en esta aplicación era que no necesitábamos saber el nombre, era lo que menos importaba, si acaso la edad, no más. En mi interior yo le decía a ese chavo el Salami (por su buena reata).

Me resulta imposible olvidar la noche que el Salami y yo no estábamos ganosos de sexo, estábamos poseídos por íncubos, subiéndonos por las paredes, ya que nos traíamos demasiadas ganas él y yo, ¡pero unas ganas cabronas! Estábamos chateando cada quien, en su cantón, encuerados bajo las cobijas mandándonos fotos puercas. Cuando el éxtasis subió más, me entró una llamada de él desde la aplicación. Cuando respondí, lo primero que escuché fue:

—Hagamos *cruising*.

—¿Qué es eso?

Sí recordaba que Leandro me había explicado una vez ese término de la jerga LGBTQIA+ cuando me contaba una anécdota suya, sin embargo, ahorita no lo tenía claro.

—O sea... que cojamos en la calle.

Me sacó de ´onda lo que puso.

—¿Ahorita? —no me la creía, sí era calenturiento, pero nunca me había lanzado a tanto.

—Pus sí, ¿no?

—No sé —dije tímidamente —, nunca he hecho eso y menos ahorita, ya son casi las dos de la mañana.

—No seas puto, güey —protestaba cómicamente.

—¿Y a dónde vamos a ir o qué pedo? —me estaba tentando.

—Vamos al Parque de la Roja, ahí por donde está el baño hay unas plantas bien grandotas que nos tirarían paro.

—¡No mames!

—Güey, anímate, yo ya he hecho *cruising* varias veces ahí a estas horas; no va a pasar nada.

Transcurrieron unos cuantos minutos mientras él trataba de hacerme entender que no me dejaría plantado, que de verdad nos veríamos... me convenció. Acordamos vernos en veinte minutos en el Parque de la roja, ahí en la mera entrada. Así como colgamos la llamada, me puse el pants de educación física de la prepa, un suéter de jerga calientito que me hacía ver como estudiante de filosofía y letras de la UNAM, unos *Converse* (ya que mis chanclitas rechinaban un montón cuando caminaba).

Ya vestido, me escabullí de puntillas escalera abajo, colocando en modo silencioso mi celular, aguantando la respiración, de los nervios me aguantaba el pedo que tenía ganas de echarme, no quería correr riesgo de despertar a alguien. Cuando ya estaba en la sala, quité el pasador y todo con extremo cuidado, luego vi la hora en mi celular y me quedaban menos de trece minutos para verme con el Salami. Me apresuré a salir de modo veloz y silencioso; creo que para ratero sí sirvo, ya que ni mi perro se despertó. Sólo hasta que estuve fuera dejé soltar la flatulencia que llevaba atorada, si el eco que resonó en toda la pacífica calle no despertó a mi familia o a los vecinos, entonces nada lo haría. Corrí, como si me persiguieran, hacia el parque.

Estuve ahí segundos antes que el Salami apareciera. En persona resultó ser más atractivo aun estando despeinado, en sandalias con una bermuda gris y una sudadera color vino. No hubo tiempo de "formalidades", rápidamente al reconocernos nos comenzamos a besuquear, debido a que traíamos la verga bien parada desde que nos vimos.

Momentos después de haber iniciado nuestro faje, me señaló con la cabeza (la de arriba) el área de las plantas conjuntas al baño; era cierto, era el escenario perfecto para darnos hasta para llevar.

Caminamos hasta el punto sin separar nuestras lenguas, me dijo que pasara yo primero. Al hacerlo, sentí algo entre los pies, algo que no me gustó para nada. Saqué la linterna de mi celular, apunté hacia abajo. Fue uno de los momentos fugaces más espeluznantes de mi vida. Vi un bulto cubierto por una bolsa de basura negra, el contorno era el de una persona, roncando como perro con moquillo, temblaba de frío. «¡No mames!» Se me salió gritar. Grave error. Antes que el Salami pudiera comprender lo que estaba sucediendo, el bulto se levantó, como sucede con los monstruos en las películas de terror, dejando ver que era el vagabundo que frecuentaba mucho el parque. El anciano estaba drogadísimo, desprendía un penetrante olor a tíner, tambaleaba demasiado; balbuceó unas palabras que resultaron incomprensibles para ambos. Al parecer se había molestado por haberlo despertado. Normalmente era un anciano tranquilo, esa fue la primera vez que lo vi violento, probablemente por sus monas.

Por instinto corrimos del vagabundo lo más lejos que pudimos, pero qué aguante tenía el cabrón para corretearnos. El Salami me tomó del brazo, me llevó hasta la cima de una de las rampas, la que no tiene escaleras y sólo se puede subir a ella realizando una acrobacia en patineta o bicicleta; sin embargo, nuestro instinto de supervivencia fue mayor a esos aparatos, escalamos mejor que cualquier felino. Estando en la cima de la enorme rampa de cemento, el vagabundo intentaba escalar inútilmente, se resbalaba por la inclinación de la rampa, era como ver un *zombie*.

El vejestorio permaneció buen rato ahí, al Salami y a mí ya se nos había escondido totalmente el pito, la calentura se había vuelto nerviosismo.

—¿Y ´ora qué hacemos? —dijo recostándose sobre la plataforma, suspirando de cansancio.

Me encogí de hombros. Me acosté al lado opuesto de él, con mi cabeza a la altura de sus pies y viceversa. Pasado un breve tiempo, sin darnos cuenta, habíamos terminado platicando, nos preguntamos cosas triviales al principio, edad, estudios, empleo, hermanos, música favorita... y sin querer terminamos hablando de los exnovios (ambos concluimos en que el ex del otro era una mierda), nos dimos consejos sobre cómo podríamos superar a esos pendejos. Charlamos un buen rato, admito que eso estuvo chido. Creo que los dos habíamos olvidado por qué estábamos en esa situación. ¡Quién lo diría! Vine buscando sexo guarro con adrenalina y encontré buenos consejos (que de eso última sí tuve bastante); de esos amigos incidentales que te topas sólo una vez en la vida.

El amanecer se estaba aproximando, el Salami y yo nos pusimos en pie, observamos hacia abajo dándonos cuenta que el vagabundo estaba absolutamente dormido. Ni nos dimos cuenta en qué momento ocurrió eso. Cautelosamente bajamos de la rampa como buenos alpinistas, con algunas risas indiscretas. Del mismo modo caminamos todo el perímetro del parque, al momento que conseguimos alejarnos lo suficiente de nuestro atacante, corrimos como es debido, con el sonido de las piedras musicalizando con nuestras pisadas, carcajeándonos como es debido, con los primeros destellos del sol tocando nuestra cara. Fue divertido.

Nos despedimos a mitad de camino, cerca de la Glorieta de los Arcos, dimos un abrazo gigante, las gracias y por alguna causa en específico tenía la sensación de que no volveríamos a contactarnos, no me desagradó; lo acepté.

Entré a mi casa con el mismo método silencioso y veloz. Subí las escaleras de dos en dos peldaños, abrí la puerta de mi recámara y me dejé caer sobre la cama, dispuesto para dormir. Media hora después escuché cómo la gente en mi casa ya se estaba levantando para irse a chambear.

A pesar de que tuve un cambio de planes que resultó bien (sin mencionar el sustote que me llevé), tengo que confesar que, por muy cachondo que llegue a estar, no volveré a hacer algo así, ¡Jamás en mi perra vida!

¡Jamás!

EL CHICO DE *GRINDR*

Alquimia
María León, Rubén Albarrán y La Bruja de Texcoco.

En el mundo de los jotos existen dos variables: por un lado, están los chicos que buscan un amor apasionado, duradero, que venza los obstáculos de la sociedad, la religión y la familia; de ese *"amor prohibido que murmura por las calles"*, diría Selena, un amor inmenso que queme las entrañas, que le dé sentido a la vida… y, por otro lado, está el "puterio".

Primera o segunda variable, el orden no importa, todos pasamos por ambas. Aunque, la mayoría, prefiere quedarse en la segunda; y cómo no estar tentado a eso, si la tecnología le dio un enorme obsequio a la comunidad

LGBTQIA+: las aplicaciones de ligue; o bueno, de sexo, la más popular de todas es *Grindr*, el gay o bisexual que niegue conocerla, miente: todos, absolutamente todos hemos estado al menos una vez ahí. Es como llevar la Zona Rosa en tu teléfono; ya que esta aplicación se caracteriza por ser demasiado obvia en cuanto su uso: coger. Esos que sólo la usan para disque comprar mota están pendejos si piensan que alguien les cree. En *Grindr* existen vatos de todos los colores: los dulceros y/o cristaleros a los que no se les para el pito, los guarros que cogen nada más a pelo, los que sólo son pasivos o activos, los que te responden media hora después de que ya te la jalaste, los bicuriosos casados (favoritos de muchos), los urgidos que te mandan veinte mensajes aun cuando ya les dijiste que no, los que te bloquean porque les dijiste que no, las musculocas, los chichifos que te quieren cobrar por sus doce centímetros de reata, los treintones que muestran fotos suyas cuando tenían diez kilos y diez años menos, los que supuestamente no buscan sexo pero sus fotos de perfil son semidesnudas y con el nombre de su roll sexual, las vestidas, los fetichistas de pies, los calientahuevos; en fin, una fauna impresionantemente diversa.

Quienes terminamos ahí es porque de verdad hemos caído en lo más bajo de lo más bajo. Aparentemente existe más decencia en *Tinder*.

Ya llevaba un tiempo considerable en la aplicación, observando siempre a los mismos güeyes (incluyendo un güey disque hetero que se había mudado para acá y tuve mis cachondeos con él, pero está casado con una chava). Los perfiles sin foto eran con los que no solía chatear (eran varios). Una madrugada, mientras buscaba con quién jalármela con chat *hot*, me llegó un *tap* de un usuario sin foto, la distancia marcaba trescientos treinta y tres metros, estaba cerca. Lo ignoré, pensé que era otro de los que no saben leer que la descripción de mi perfil que claramente dice "no respondo sin foto". Continué ahorcando el ganso bajo la sábana. De pronto, mi pasatiempo nocturno fue interrumpido por un bombardeo de cinco mensajes continuos del mismo tipo que me había mandado *tap* hace rato. La notificación decía que me habían llegado cinco fotos, la pulga de la curiosidad me picó, abrí la conversación y me topé con dos fotos de una verga muy picarona, otras dos de un culo hambriento y una de un rostro de un chico verdaderamente guapo, ¡hijo de la chingada! Tenía mi edad.

Como Drácula sacudí la espalda hacia delante saliendo de las cobijas con el teléfono entre las manos sin parpadear. Costaba creer que no fuera *fake* ese vato. Por inercia, le envié mis respectivas *nudes*, a las que respondió con un «¡que rico!»; la foto de mi jeta me la pidió como siete minutos después. Las formalidades no existen en *Grindr*, sólo hay tres preguntas básicas que todo mundo escribe: ¿tienes lugar?, ¿qué rol eres?, ¿usas *poppers*?; básicamente esa es la comunicación aquí (la última no es obligatoria, pero no por eso la menos convencional).

El chico de *Grindr* y yo comenzamos alabarnos lo sabroso que resultábamos uno del otro, siguiendo el protocolo grinderiano; inmediatamente quisimos acordar un día para vernos, eligiendo pasado mañana, ya que se quedaría solo en casa durante unas horas. En tanto llegaba el fogoso día, intercambiamos *WhatsApp*, nos agregamos a *Facebook* (así supe que su nombre era Diego), desde ese momento había dejado de abrir *Grindr*, toda mi atención era suya. Habíamos descubierto que teníamos buena química a la hora de platicar, hasta nos mandábamos notas de voz; compartíamos, casi a la totalidad, el mismo sentido del humor, veíamos las mismas series, escuchábamos la misma música, así como muchas otras cosas más que nos permitía mantener una plática variada; esa onda me había latido mucho. Más de lo normal, creo...

Habiendo chateado tanto tiempo, nos causaba nervios coger por simple calentura y nada más... era una extraña sensación. El momento había llegado, luego de haberme bañado y tallado bien cada cosa, me puse de cuclillas frente al armario buscando los calzones más zorrones que tuviera. Los encontré, me puse el pantalón más apretado que tenía, camisa sexy, perfume rico; ¡estaba listo!

Bajando las escaleras de casa, le mandé mensaje diciéndole que ya iba en camino (ya me había mandado la ubicación), mas noté que no me respondía; no le presté importancia, asumí que se estaba terminando de bañar o algo así.

Me puse mis audífonos cantando a susurros "*Óyeme mi Lola, mi tierna Lola...*", sintiéndome el vocalista de *Café Quijano*, estaba súper emocionado. Diego vivía cerca de una Paletería Michoacana (la única de toda Santa

Bárbara), estaba aproximándome según el *Maps*, pero pasos antes de llegar a su casa, me llegó un mensaje suyo diciéndome que un tío suyo había llegado de última hora, que ya no se iba a poder (carita triste).

La verga y el ánimo se me bajaron hasta la banqueta en la que estaba parado. Le escribí que no había pedo. Tomé la decisión de dar la vuelta, marcharme de ahí mentando madres. Llevaba cinco pasos recorridos cuando Diego me escribió, que, aunque ya no se hubiera podido, que si quería, fuéramos a dar el rol. Expresé una sonrisa sorpresiva, mordí mi labio; le escribí que sí, que lo veía en la Michoacana.

No fue mucho lo que caminé hasta la paletería, agarré una de las mesas lilas metálicas para esperarlo. Él llegó cinco minutos después de mí. Su rostro era más hermoso que en sus fotos, ¡no mames! Sí que era alto, delgado, cabello castaño, rizado, ojos más oscuros que he visto, voz seductoramente grave, piel tan blanca que le fue imposible negar el rubor que sufrió cuando me vio. Yo también me chiveé, pero como soy moreno yo no parecía una fresa, sino *PicaFresa*.

Nos observamos durante buen rato, tratando de armar oraciones cortas para no dar pie a silencios incómodos. Sugerí que compráramos algo de la paletería, optamos por un agua de frutas de a medio litro cada quien. Posterior de haberlas comprado, caminamos por la Glorieta de los Arcos, compré un cigarro en la tiendita de a mi lado, le convidé un poco. Charlamos de lo que ya teníamos en *WhatsApp*, así todo fue más sencillo. En el ínter de la conversación a Diego le dieron ganas de orinar; no nos hallábamos lejos de su casa, pero le urgía demasiado por tanta pinche agua que bebió. Le di la alternativa de que fuéramos al Parque de la Roja, casi siempre estaba vacío y podía mear ahí sin que nadie lo viera. Aceptó.

Corrimos en chinga hacia el parque, Diego ya se estaba desabrochando el cinturón, su cara estaba roja de apretar un chingo el esfínter. Llegamos al pasillo de graba del parque, Diego no pudo aguantarse más y dejó caer sus meados en la pared grafiteada del sitio. Me gustó comprobar que su verga era la de las fotos, mientras le echaba aguas.

Una vez subida su cremallera, comenzamos a reírnos. Estando en el parque, optamos por quedarnos en él, continuar con nuestra salida. Platicamos un buen rato sentados en el sube y baja roto y oxidado. Llovieron temas de conversación, las risas fueron frecuentes, todo resultó chingonsísimo. Más que una salida, se sintió como una cita...

El atardecer se puso sobre nosotros, empezó a llegar el frío; entonces decidimos irnos. Me acompañó hasta mi casa, aunque nuestro paso tratamos de hacerlo lo más lento posible, no queríamos separarnos. Nos despedimos con un "chócalas" (fue extraño) nos causó mucha risa eso. No hubo ningún beso y lo mejor es que no era necesario.

Estando ya en mi cama continué chateando con Diego. El hilo de nuestra comunicación tomó una dirección diferente. En el momento que nos dimos cuenta, ya eran las tres de la madrugada y nosotros seguíamos tonteando; acordamos en despedirnos porque en unas horas yo debía ir a la prepa y él a la chamba.

Despertando por mi maldita alarma a las seis de la mañana, sujeté mi celular para apagar mi despertador, notando que tenía un mensaje de Diego de hacía veintisiete minutos, el cual decía; «la neta me gustas para algo más que una simple cogida» acompañado del *Stiker* de un *Cheems* con corazón. El impacto de ese texto terminó por despertarme por completo, como si me hubieran arrojado agua helada por la espalda; no porque Diego me desagradara, sino porque a mí me estaba sucediendo lo mismo. Me gustaba, pero me asustaba.

Preferí no responderle el mensaje hasta que hubiera hablado con mi mejor amigo Leandro sobre esto, ya que no podía extraerme de la cabeza las palabras que él me dijo cuándo descargué la aplicación: en *Grindr*; «la gente sólo busca coger y ya», que no cometiera el error de sumarme a la lista de pendejos que creyeron que podían sacar un novio de ahí. Palabras que me repitió con un zape en la cabeza cuando le conté el asunto de Diego.

—Nada más ten cuidado, güey —dijo —; he sido de esos pendejos y al chile se siente culero.

Agradecí la preocupación de mi mejor amigo, comentándole que Diego no se me hacía ese tipo de chavo, que podría ser la excepción a la regla. Leandro me dio sus buenos deseos para que todo fuera así.

Geometría Analítica era una genuina tortura, la puta materia más aburrida de todas (escuchar su solo nombre invita a bostezar); no entendía ni pitos de lo que el profe estaba hablando. Decidí distraerme de la idea de quedarme dormido (otra vez) en esa clase; saqué mi celular, lo puse en modo silencioso y contesté el mensaje de Diego: «honestamente, tú igual a mí» (dos puntos, tres). Le pregunté si estaría libre por la tarde, poco antes de que la clase se terminara me contestó que sí. Primero habíamos quedado en vernos en el Parque de la Torre Rosa, pero me comentó que su mamá trabajaba en el mercado de ahí y que le daría mucha pena, entonces pidió que mejor fuera en el de la Roja, como ayer.

La neta a mí el lugar me valía verga, yo lo único que quería era verlo. Moría de la impaciencia, ya quería que explotara la última campanada del día para largarme de ahí. Mis plegarias fueron atendidas, el "riiiiinnnn" que tanto ansiaba llegó, estaba guardando mis libretas, cuando apareció la orientadora diciendo «¿otra vez problemas con el profe de Geometría?». Los pinche ojos se me pusieron en blanco porque ya me quería largar para quitarme el uniforme, arreglarme para Diego y esta señora nomás no me dejaba ir. El de Geometría era remaricón; o sea, si me quedaba dormido me acusaba con la orientadora, si no le llevaba sus tareas me acusaba con la orientadora, si le pedía permiso para ir al baño y regresaba apestando a cigarro me acusaba con la orientadora, y hoy que me vio usando mi celular, me acusó con la orientadora el ojete.

Le chillé a la orientadora con el choro de que ya me iba a portar bien, que ya iba a poner atención y no sé qué más chingaderas le dije; sin embargo, esa ocasión no me quiso echar la mano, se me había acabado el chance. Como ya no iba a solapar mis pendejadas, de castigo me puso a ayudarle a doña Gloria (la viejita del aseo) a limpiar todos los salones. Me cagué, no me iba a dar tiempo de ver a Diego. Claro, como la orientadora ya estaba con su bolsa en mano para irse a su casa, por eso le valía madres dejarme ahí.

Aun así, me la rifé, me puse a barrer, trapear y sacar la basura como si fuera un pinche *reality show* de pasar obstáculos (ni en mi casa hago el quehacer así de chingón); terminé todo sudado, cansado ¡y todavía faltaba la puta biblioteca! (Como si alguien entrara ahí), vi la hora en mi teléfono y me cagué otra vez, quedaba media hora para encontrarme con Diego y me hacía veinte minutos en llegar caminando a mi cantón; ¡no me iba a dar tiempo!

Abrí mi *Whats*, le estaba mandando un audio a Diego diciéndole que, si lo podía ver en la noche, pero en ese momento apareció doña Gloria inspeccionándome peculiarmente.

—¿Mínimo te trata bien o es un pendejo? —preguntó en seco, como si tuviera la seguridad de que estaba hablando con un ligue.

—Hmm... —cancelé el audio que iba a mandar — es un buen tipo —me ruboricé.

—Entonces váyase de una vez, chamaco —me arrebató la escoba.

—Pero...

—¡Jálele!

En chinga fui por mi morral, me amarré el suéter del uniforme en la cintura, me puse mis audífonos y me largué de ahí recontento con doña Gloria, no sabía lo chida que era la ruquita.

Corrí como si la orientadora me estuviera persiguiendo, crucé el puente peatonal que conectaba la prepa de la Celestín con Santa Bárbara. Ni un mugre bicitaxi me quería llevar, cuando de verdad los quiero, no pasan; cuando no, como pasarela pasan frente a mis narices los hijos de la chingada. El tiempo se acababa. Pero como si mi vida dependiera de ello, le metí turbo a mi carrera...

Crucé la entrada del parque como un relámpago. Me arrodillé para descansar, exhalando como ventilador descompuesto. Levanté la mirada para ver si él estaba ahí: había chicos de la secundaria de al lado divirtiéndose en las rampas, dos güeyes jugando en las canchas de básquet, una mamá con su hijo en el tobogán desmadrado; no más. «¡Ahuevo!» Exclamé regocijado por haber llegado antes que Diego. Me dejé caer de espaldas sobre el contaminado césped con el fin de reponerme del maratón que me aventé.

—¿Estás bien?

Roté hacia la derecha, ¡era Diego!

—¿A qué hora llegaste? —dije bañado en sudor, con mechones mojados de pelo sobre la frente, respirando con dificultad.

—Hace como diez minutos —rio.

Me extendió su mano para que pudiera levantarme, le conté el porqué estaba uniformado y por qué había llegado en esas condiciones. Él se chiveó, ocultó su rostro con las manos; por lo visto le había conmovido mi hazaña por él.

Fuimos a una tiendita cercana al parque, me compró una botellita de agua (pues yo no dejaba de transpirar como trompo de pastor en taquería), también unas papitas para los dos, seguido de eso, nos recostarnos a un lado de las rampas. Le conté mi desprecio por el profe de Geometría, algo que le divirtió, dando pauta para que él me contara sus experiencias más erizas con los maestros que había tenido... esa fue la línea inicial de nuestra nueva plática.

Sin embargo, hubo un punto en el que de pronto estábamos jugueteando con las manos, nos hallábamos más cerca uno del otro, sus rizos rozaban regularmente con mi copete, ambos mojábamos nuestros labios periódicamente, permanecíamos fijos en nuestras miradas (ya no nos daba pena). De pronto hubo un comentario que despertó nuestra última carcajada; cuando ésta desapareció en el aire, Diego colocó su palma sobre mi cachete:

—De verdad me gustas mucho... —dijo.

Algo similar a una lágrima contenida se asomó por mis ojos, el corazón me latió más rápido que hace rato que llegué corriendo, mi cuerpo temblaba...

—Anoche soñé contigo... —mentí.

—¿Qué soñaste? —inclinó su cabeza con la mía.

Me reservé unos segundos antes de responder.

Con extrema precaución me acerqué contra él, manipulé sus brazos de tal manera que uno rodeara mi cuello y el otro tocara mi cintura, mientras yo reposaba mi cabeza en su pecho (por inercia él recargó su cabeza también en la mía); sin decirle nada, él terminó de estrujarnos para compactarnos en un abrazo.

—Esto... —susurré.

Fue la única ocasión que creí que la magia era real...

—Creo que yo también lo soñaré esta noche...

Continuamos abrazados lo que quedó de nuestra cita, importándonos un carajo que ya teníamos la circulación hormigueándonos el cuerpo (bueno, a él). El anochecer se acercaba, repetimos la misma maniobra de despedida del día anterior, aquella vez tampoco hubo un beso. No hizo falta.

Al siguiente día, sábado, igual nos quedamos de ver, pero en la noche, en un puesto de tacos (¡esos sí son detalles, chingá!). Tonteábamos más como si fuéramos novios, reíamos tanto que los clientes en la taquería no podían evitar vernos, todo era perfecto en ese instante; incluso la hora de separarnos, como las otras dos noches, fue maravilloso, no fue exactamente igual que las demás: Diego me abrazó muy fuerte por largo rato, impregnándome su perfume. Se separó despacio, mas no totalmente, emparejó la punta de su nariz fría con la mía, cerró los ojos, consternado, reunió aliento suficiente para musitar un «gracias...». No supe en qué forma responder más que con una expresión facial que demostraba la alegría que Diego me causaba.

Esa noche, también estábamos chateando; no obstante, a partir de un momento él tardó mucho en contestar mis mensajes, se me hizo raro, observé, estaba en línea y lo estuvo un buen ratote. Al principio me saqué de ´onda, pero no me alteré, «seguro se quedó dormido», pensé. No quise hacer un drama por eso, así que me dormí temprano.

Una vez despierto, me di cuenta que había dejado en visto mis mensajes y su última conexión había sido unas tres horas antes de que yo abriera los ojos. Me descuadré, no sabía qué pensar, qué hacer... Dejé que el día evolucionara, subí un meme como historia de *WhatsApp*, mismo que Diego vio a los trece minutos de que lo publiqué, aún sin responderme. La pinche preocupación me jaló los pelos de los huevos, por lo que decidí escribirle yo. Le pregunté si estaba todo bien, si algo le había sucedido. Inmediatamente él se conectó, aunque no abrió mi chat. Insistí enviándole varios signos de interrogación. Nada...

Me hallaba confundido, peor; no entendía nada.

Luego de una hora, mi ansiedad fue interrumpida con un mensaje, un tanto largo, de él; no recuerdo con exactitud cada palabra, se quedó en mi memoria lo siguiente (en mis palabras): "De veras eres un chico muy lindo, muy inteligente, aunque no lo creas, me gusta todo de ti. Perdón por ya no contestarte ayer, pero me escribió mi ex y me di cuenta que todavía estoy dañado para empezar una relación. Ahorita quiero estar en soledad para curarme las heridas, ni siquiera tengo ganas de coger (desinstalaré la *app*), espero me entiendas. Si quieres podemos quedar como amigos."

Yo estaba... ¡QUE ME LLEVABA LA VERGA! ¡¿ERA NETA?! ¡Ni siquiera tuvo huevos para decírmelo en la jeta!... La ira me dominaba, quería llamarle para escupirle sus putas verdades, decirle que se había pasado de culero al haberme ilusionado a lo pendejo. Sin embargo, me detuve. Puse el celular bajo una almohada mientras que con otra ahogaba mis maldiciones. Pasaron unos minutos... estaba más sereno... tal vez, en el fondo, Diego hizo lo correcto...

Recordé tanto la advertencia de mi mejor amigo, ahora yo también me había incluido en esa lista de los idiotas que creen que en *Grindr* se puede encontrar el amor. Pero de igual modo sabía que Diego era un buen chico, me habló con la verdad....

O eso es lo que había creído... Fui por mi celular para responderle su chat deseándole lo mejor, mas él ya me había bloqueado. Me agüité otro poco. Tomé la iniciativa de ya no bajonearme, mejor alegrarme por haber conocido a un chico tan lindo y honesto...

Como si de un instinto se hubiera tratado, revisé todas las aplicaciones de mi teléfono, *Grindr* seguía ahí, aunque no la había abierto en los últimos tres días. Algo me incitó a pucharle, el catálogo de jotos estaba cargándose, no había ninguna novedad, mismos mensajes, mismos güeyes, mismos *taps*... hasta que vi mejor; me había vuelto a zurrar de enojo: estaba un perfil con la foto de Diego y la de otra persona, cuyo rostro estaba pixeleado y en la leyenda se podía leer "Trío CL" (Con Lugar) ... Qué hijo de la gran puta...

Sabía que el lunes tendría que contárselo a Leandro, exponerme a su "¡te lo dije, estúpida!" ... Pero, bueno, mi amigo ya presentía cómo iba a terminar esto. Con la que sí se me iba a caer la cara de vergüenza, cuando le contara, era con doña Gloria.

EL PRIMO IÑAKI

Plan B
La Bermúdez

El Amarre
Laura León

Era una sensación estúpida. Lo sé. Pero no podía evitarla. Un niño desilusionado al descubrir que los Reyes Magos no existen. Así me sentía yo respecto a Diego, un güey que había conocido en *Grindr* con el cual me enculé demasiado (porque el cabrón me dio alas), pero rápidamente se dio cuenta que prefería montarse sobre otras vergas, menos en la mía.

Sólo salimos tres días (qué cagado, ya sé), pero me ilusionó muchísimo, neta creí que podría ser la excepción a esa pinche aplicación pitera, que no jugaría conmigo. ¡También yo! Lo conocí en *Grindr*; o sea, era obvio que no pasaría nada más allá de una cogida, ¡pero ni eso! Ni esas ganas me pude quitar. Ahora cada que me la chaqueteo me imagino haciéndolo con él, la pornografía tampoco es efectiva, a media paja aparece su jeta en mi mente y es cuando termino de venirme. Qué pinche enfermo ¡ya sé!

Lo raro era que me había bloqueado de *WhatsApp*, sin embargo, de su *Face* no. Tenía un chingo de ganas de mandarle mensaje, inventar cualquier pretexto para salir con él (¡lo tenía a unas calles de mi casa!), mas soy orgulloso, me aguantaba.

No podía sacarlo de mi cabeza, no sabía por qué, era un pendejo más de *Grindr*... Ahora más que nunca comprendía a mi primo Iñaki: toda la familia le echaba tierra por seguir amarrado a su ex desde hace un año; nadie la conocía, ni siquiera en fotos, ni su sombre conocíamos; pero una vez él me contó que era una chava que había conocido en un trabajo que tuvo cerca de su casa; al parecer ella también era de por acá en Ixtapaluca. Iñaki vivía en Alfredo del Mazo, una colonia pegada alrededor de Santa Bárbara, vivíamos relativamente cerca. Éramos el primo favorito del otro, cuando salí del clóset, con el resto de la familia ya enterada, fue de los pocos en seguirme tratando y queriendo como siempre.

Volviendo al punto, nadie conocía a la chica que lo traía de cabeza, mas todos, de alguna manera, la despreciábamos, ya que veíamos cómo Iñaki se pasaba las noches chillando por ella, así que, automáticamente, para nosotros era una culera, no dudábamos que hasta toloache le hubiera dado a mi primo. Nadie podía fingir no escuchar sus pleitos telefónicos cuando íbamos de visita (aunque nada más escuchábamos la voz de él), o cuando decía que salía con sus amigos y regresaba bien borracho y chupeteado, llorando por esa morra. Todos los familiares habíamos hablado con Iñaki un chingo de veces para hacerlo recapacitar, pero el güey no quería entender.

Así me sentía yo cuando mi mejor amigo me regañaba por estar bajoneado por Diego; al menos Iñaki tuvo una relación con la tipa esa, yo ni algo cercano a eso; aunque tampoco quería entrar en razón, me negaba a aceptar que algo tan chido como lo que se estaba dando entre Diego y yo se acabara así de la nada… Ya ni por mi verdadero exnovio me agüitaba así. Quería contarle a mi primo lo que me estaba ocurriendo, pero, así como estaba su situación, no creí que fuera precisamente la mejor persona para darme un buen consejo. Ahora éramos dos pendejos en la familia (carita de payaso).

Cierta tarde, mi amigo Leandro me invitó a una peda de jotos en una casa ubicada en Ixtapaluca para distraerme y dejar de pensar en estupideces. Él fue el ganón de la fiesta, se terminó caldeando con varios güeyes; los más feos querían ligarme a mí. Preferí hacerle ojitos a las chelas.

Vaciadas algunas caguamas, con mareos y ganas de guacarear, imaginé que estaba pedo. Lo comprobé cuando, sin darme cuenta, ya le había mandado un chingo de audios a Diego por *Messenger*. Me encerré en el baño para escuchar las idioteces que supuse le había dicho. Dicho y hecho, le dije que lo extrañaba un chingo, que quería verlo, que al menos una cogida nos diéramos para la despedida. Habían pasado media hora de habérselos mandado, él ya los había visto, seguramente también escuchado. ¡Me cagué de la puta vergüenza! Ya no sabía si estaba rojo de la cara por la pena o por el alcohol; en cualquier caso, decidí buscar a Leandro para contarle la pendejada que había hecho, sin embargo, él estaba muy ocupado en su beso de tres arrinconado con unos tipos en el sillón. No quise interrumpirlo, entonces lo esperé, pero el cabrón no dejaba de succionarles la lengua en los seis minutos que estuve parado frente a ellos.

En ese momento sonó mi celular con el timbre de *Messenger*. Creo que hasta lo briago se me bajó cuando vi la foto de Diego en la burbuja del chat, en chinga abrí el mensaje: «Va. Te veo en el Parque de la Roja en veinte». No me dijeron dos veces, en putiza busqué mi chamarra para después irme de la fiesta.

Ya era de noche, rumbo a la combi que me dejaría en Santa Bárbara, le mandé mensaje a Leandro para decirle que ya me había ido de la peda, que no se preocupara, aunque posiblemente el mensaje lo iba a ver hasta el otro día. Estando arriba de la combi, sentí que la borrachera estaba disminuyendo. Ya me estaba acercando al Aurrera, así que anticipé mi bajada. Atravesé la gasolinera, el desmadre de carros, para llegar a la entrada de Santa Bárbara y encontrarme con que no había bicitaxis disponibles. Me emputé. Intenté escribirle a Diego para decirle que llegaría unos minutitos tarde, pero ya se me habían acabado los malditos datos. Pegué un grito en la calle del coraje que hasta los topes se cuartearon.

Corrí lo más que pude, afortunadamente no fue mucho lo que recorrí, antes de llegar a la Torre Naranja un bici me vio, le dije al conductor que me llevara a la Torre Roja, pero en chinga, ya que llevaba mucha prisa. Eficazmente siguió mi orden, como si se tratara de uno de los tipos de *Rápido y Furioso*, condujo de forma veloz, atravesando los topes y los baches bruscamente (me di uno que otro putazo en el toldo, pero no me importó, era urgente).

Metros antes de llegar al parque, alcancé a ver a Diego de espaldas caminando hacia allá; el bicitaxista lo rebasó. Sentí alivio saber que llegaría antes que él. Bajé del transporte, le di diez varos más al señor por haberme llevado rápido. Enfoqué la mirada, Diego se estaba acercando a lo lejos, sonreí como el perro al que su amo le da retazo de pollo.

Sin embargo, algo en el estómago me comenzó a chingar, como si estuvieran tronando cuetes dentro de mis intestinos, la boca me empezó a salivar a madres, una sensación de asco me invadió; estaba claro: quería vomitar y de paso, orinar. Con Diego estando cada vez más cerca, no quise que me viera vaciar la panza, mojar los pantalones; de volada me metí al parque, busqué un lugar cerca de las palapas repleto de altas plantas, el sitio perfecto para esconderme.

Así como llegué a mi guarida, me bajé la cremallera, regué el pasto; luego lo aboné con mi vomitada. Desde mi localización podía ver a Diego sentándose en una de las mesas de cemento rayoneado, cerca del tobogán destrozado. Subí mi cierre, estaba listo para plantarme frente a él, di los primeros pasos fuera de la crecida hierba; sin embargo, el vómito me sobrevino nuevamente, por lo que regresé a mi escondite.

Permanecí guacareando más de cinco minutos, cada que creía que ya no tenía nada más que sacar, las náuseas regresaban, estaba a punto de regurgitar el hígado. Estoy seguro que Diego podía escucharme, volteaba desconcertado hacia mi dirección sin sospechar que se trataba de mí.

¡Quería morirme! Era mi maldita oportunidad y no podía hablar con Diego (¡putas chelas!). Giré la cabeza, él estaba levantándose para irse del lugar, parecía sacado de ´onda porque aparentemente lo dejé plantado. Sufrí una terrible impotencia, estaba que me llevaba la chingada, quería arrancarme los pelos del pinche coraje.

No obstante, cuando Diego estaba a la altura de la entrada del parque, recibió una llamada telefónica, la cual, por algún motivo, hizo que Diego regresara a la mesa donde se hallaba. Y yo, sin poder frenar mi vómito (por lo menos tenía la seguridad que ya no estaba ebrio).

No pasó mucho tiempo cuando otro chico apareció en el parque buscando a Diego, hasta que se sentó a su lado. Curiosamente en ese momento ya habían parado mis ascos; sin embargo, decidí permanecer oculto para espiarlos (como buen tóxico que soy).

¡Me volvía a llevar la verga! Reconocí al otro tipo casi de inmediato: ¡mi primo Iñaki! ¿Cómo es que él y Diego se conocían?; me agazapé, escurriéndome entre el gigante plantío para que ninguno supiera que estaba ahí.

—¿Por qué estabas aquí de por sí? —preguntó Iñaki, molesto.

—Ya vas a empezar con tus celos... —respondió Diego fastidiado.

—¿O sea que estabas con alguien? —Iñaki subió el tono de voz.

—Mejor dime para qué querías verme, Iñaki; tú y yo ya no andamos...

Abrí tanto los ojos que creí que se romperían mis párpados.

—¡No fuera para tus tríos porque ahí sí me llamas! —protestó Iñaki.

Ya no eran las náuseas las que daban lata, sino mis agitados latidos cardiacos. ¡Iñaki nos había mentido todo este tiempo! No era esa misteriosa chica la que lo traía de su pendejo, ¡era Diego! No entendía por qué Iñaki nunca me confesó que era gay, de sus padres, los tíos, lo entiendo, pero por qué no hacerlo conmigo si sabía que nadie mejor que yo podría entenderlo...

—Me choca que te pongas en tu plan —habló Diego.

—Quise verte porque no puedo estar sin ti, amor —escuché cómo a Iñaki se le quebró la voz.

—Yo también te extraño, bebé, pero...

—¡Pero no quieres dejar de andar de pitofácil!

—Tú sabías que yo era así, Iñaki; o sea, nos conocimos en un trío...

—Creí que por mí cambiarías, Diego...

Me sangraban los oídos de todo lo que estaba escuchando. Sentía ganas de putearme a Diego por haber tratado tan mal a mi primo; al mismo tiempo que experimentaba un bajón terrible porque Iñaki adoraba a ese infeliz tanto como yo.

Estuve escuchando otro rato sus pleitos amorosos, hasta que Diego propuso continuar con su plática mientras daban una vuelta por el parque. Al momento de que ambos se alejaron lo suficiente, pude levantarme, esperar a que bajara un poco el mareo. Eché un último vistazo hacia Iñaki y Diego tomándose de la mano. Sentí algo culero en el pecho. Luego me fui...

Transcurrieron algunos días. No hablé con ninguno de los dos. Me hallaba totalmente fuera de mí, sin saber qué hacer, qué pensar, qué sentir. Continuamente iba a casa de mi mejor amigo, siempre había caguamas en su refri (le había tomado cierto gusto a la bebida), Leandro estaba igual de impactado que yo, tampoco sabía cómo reconfortarme...

Dos semanas después de lo que presencié en el Parque de la Roja, los padres de Iñaki y él vinieron de visita a mi casa sin avisar. Si mi ventana no tuviera reja, habría salido por ella, no quería ver a mi primo; no por rencor, sino porque sabía que no tendría los huevos de contarle lo que más o menos viví con Diego, no quería arruinar la unión de primos. No obstante, fue imposible no verlo. Obligadamente salí de mi cuarto para saludar a mis tíos de beso y de mano, a Iñaki con el mismo abrazo de siempre (fue como abrazar un iglú).

Durante la acostumbrada comida estuve más callado de lo habitual, mis tíos con sus comentarios irónicos preguntaban si estaba trompudo o quería beso (no sé quién les dijo a los señores que eso es gracioso). Iñaki me mandó un *Whats* preguntándome si estaba bien. Respondí que sí con un *stiker* alegre; inmediatamente me preguntó que, si acabando de comer podíamos ir a mi habitación, porque quería conversar conmigo de algo importante. Traté de excusarme diciendo que tenía un desorden en mi recámara; me respondió «Siempre lo tienes así, güey, lo raro sería verlo escombrado». No se me ocurrió otro pretexto, así que tuve que acceder.

Dejando los platos en el lavabo, subimos por las escaleras, Iñaki se adelantó a abrir la puerta de mi cuarto, se acomodó sobre la cama con una sonrisa de oreja a oreja, hacía tiempo no lo veía así.

—¿Qué es tan urgente, primo? —hablé desgastado.

—¡Ya me reconcilié con mi ex! —me abrazó empachado de felicidad.

—¿Tu ex, ammm...?

—¡Sí! La chava de la que siempre te cuento, la que toda la familia odia —terminó con voz y semblante dulcemente apenado.

No me atreví a desmentirlo, no quise incomodarlo diciéndole que conocía su secreto.

—Pues... espero que todo sea mejor entre ustedes. Les deseo lo mejor, Iñaki...

Me esforcé en disimular el pesar que esa noticia me producía.

Iñaki empezó a platicarme, con lujo de detalle, el proceso de su reconciliación con su "novia". Fue incómodo para mí. A mitad de plática, un mensaje de *Messenger* había llegado a mi celular. Estuve así de cerca de que me diera un infarto fulminante. Era Diego: «Me dejaste plantado el otro día, me quedé esperándote buen rato. Jálate a mi casa, tengo lugar ahorita».

Las manos me temblaban, sudaba frío… Volteé a ver a Iñaki fijamente, lo miraba de un modo desconocido incluso para mí, como si no fuera mi primo; como si fuera una presa, un enemigo apunto de recibir el tiro de gracia…

—¿Por qué me miras así…? —preguntó Iñaki aterrorizado.

CONSUELO DE UN EXTRAÑO

No Te Pido Más
Marbelle

Esa Noche
Café Tacva

De todas las bajezas que he hecho en mi vida, sin duda esa fue la peor. No tengo forma de culpar a nadie, pude haberme detenido, haber hecho lo correcto... pero, lo peor de todo esto, es que no estoy arrepentido de lo que hice. No sé si algún día podré tener algún cargo de conciencia por haberme acostado con el novio de mi primo favorito.

Mi querido primo Iñaki, con el que crecí toda la vida, quien en lugar de un primo era como otro hermano para mí, a quien le contaba todo y sabía todo de mi vida, la persona que más me ha echado la mano en tiempos de crisis (de cualquier tipo) ... pero él tuvo la culpa; sí, fue culpa suya por mentirnos a toda la familia que sufría por una chica, cuando en realidad era un hombre el que lo traía trastornado, obsesionado. Fue culpa de mi primo por fijarse en ese chico, mi chico, el que debía ser para mí, porque me ilusionó con la promesa de vivir un amor apasionado; mas luego me abandonó por otros culos, entre ellos, el de mi primo.

Cuando yo tuve mi historia con Diego, jamás imaginé que él era el gran amor de Iñaki, ni siquiera sabía que Iñaki era joto; si hubiera sabido todo eso, nunca me habría acercado a él, nunca me habría permitido sentir este deseo incontrolable por el novio de mi primo... ¡Maldita sea!

¿Por qué, entre todos los tipos de Ixtapaluca, Iñaki tenía que enamorarse del chavo que más me ha encantado en la vida?; o sea, Iñaki ya estuvo un año rogándole a Diego para que regresaran y, aunque él haya aceptado, Diego parece que ya le da igual si su novio se queda o se va. Entonces, ¿no tenía yo derecho a hacer mi lucha? Diego, a mi lado, sería inmensamente feliz, yo cuidaría bien de su corazón, mi primo podría quedarse tranquilo. Tal vez por eso hice lo que hice.

Además, fue Diego quien me buscó poco después de haberse reconciliado con Iñaki, eso quiere decir que yo le gusto más que él, su propio novio, ¿qué debía hacer, ignorar la oportunidad que hace mucho tiempo he estado esperando?; si Diego no respeta su noviazgo (por muy secreto que sea) ¿por qué yo sí? Después de todo, Iñaki sabe perfectamente que su amado es un hombre infiel. No obstante, conmigo sería diferente, yo no sería tan débil como mi primo, yo no le permitiría esas chingaderas a Diego, él sería exclusivamente para mí... por eso acepté ser su amante, porque estaba seguro que con el tiempo Diego entendería que soy su mejor opción. Era mi turno. Era lo justo... ¡¿Por qué no podía dejar de sentirme culpable?!

Diego nada más me contactaba cuando estaba cachondo (no estaba enterado que Iñaki y yo éramos primos, preferí no decírselo); no siempre contaba con disponibilidad en su casa, entonces no eran frecuentes nuestros encuentros; siempre que intentaba hacer plática con él, por chat, sus respuestas eran cortantes, monosilábicas, en ocasiones me dejaba en visto por días hasta que se le volviera a alocar la verga. Cuando estábamos en su casa, a espaldas de mi primo, había mucho alcohol de por medio, pomos enteros que nos acabábamos entre los dos. No necesitaba emborracharme para sentir placer con él, sino para no pensar en Iñaki. A Diego no se le subía tanto como a mí la borrachera, algunas veces, cuando era hora de vestirme e irme de su cama, salía de su casa tambaleando, con el hocico bien calentado. «Yo te busco», decía él en calzones mientras me despedía en la entrada, pegándome una nalgada.

Caminaba por las calles de Santa Bárbara con la visión borrosa, los ojos rojos, enredándome entre mis propios pasos, sintiéndome como un prostituto, al mismo tiempo que sonreía porque sentía que iba por buen camino para conquistar a Diego.

Me sentaba en cualquier banqueta, le hablaba por teléfono a mi mejor amigo para que me llevara a una de las tantas fiestas a las que lo invitaban. Las primeras veces lo hacía, íbamos de peda en peda, donde en cada una yo hacía un espectáculo diferente: vomitadas, besos de cinco, me quedaba dormido en el baño, entre otras cosas más. Incluso comenzaba a quererle bajar el novio a varios chicos en esas fiestas; estaba fuera de control, por eso mi mejor amigo Leandro dejó de invitarme.

Cuando mis ganas de beber eran realmente desmedidas, le pedía a mi primo Iñaki que tomáramos en su casa, total, mis tíos andaban en su pedo. No me gustaba la idea de tomar solo, necesitaba al menos la compañía de una persona, aunque esa persona fuera precisamente él. Yo era demasiado cínico, lo sé; pero de verdad quería a mi primo, mas no soportaba que se estuviera interponiendo entre Diego y yo, por eso no conseguía nada. Sí... era por eso...

Recuerdo la noche que ya no pude aguantar más y comencé a llorar con Iñaki, estábamos en el patio de su casa oyendo canciones dolidas de banda, fumando a madres, jugando baraja. Hubo un momento en que me empezó a platicar de su supuesta novia.

—A veces siento que me quiere dejar...

—Eso siempre pasa, Iñaki —respondía hipeando de borracho —, y luego regresan como si nada.

—No, esta vez es diferente. Siento que ahora sí es definitivo...

—¿Por qué lo dices, güey? —me serví más cerveza en un vasito de plástico desechable.

—Tú sabes que ella me ha pintado el cuerno mil veces, pero nunca fue como para terminarme y cambiarme por otro güey.

Fijé mi atención como un depredador.

—Quieres decir que...

—Sí, siento que hay otra persona en medio de nosotros, me la va a bajar; pero no tengo pruebas. Últimamente ella está muy indiferente conmigo, le llegan mensajes a su celular y sonríe como si Maluma la saludara, voy a su casa y no la encuentro... muchas cosas que me hacen estar seguro de que hay otro vato.

¡Maldito! ¡Mil veces maldito! ¿Quién era el maldito estúpido que quería quitarme a Diego? Porque claramente ese comportamiento no es por mí. No nada más debía competir contra mi primo, igual con otro imbécil. Las lágrimas comenzaron a salir de mis ojos.

—¿Y tú por qué chillas? —preguntó Iñaki sorprendido.

—¡Porque no es justo para los dos! —hablé sin pensar.

—¿Y a ti en qué te afecta? Ni yo estoy llorando.

Iñaki me veía verdaderamente confundido. Afortunadamente, me había vuelto un experto de la mentira.

—Porque si ella —empecé, aspirando mi moco— te hace daño a ti, es como si me lo hiciera a mí también, güey. Sabes que te quiero un chingo.

—No te preocupes por mí, carnal —decía él dándome una palmada en el hombro—, creo que esta vez seré yo quien termine con ella, ya estoy harto de esta pinche situación.

Sus palabras hicieron que me llegara una segunda embriaguez, la felicidad. ¡Finalmente podría dejar de sentirme culpable por estarme metiendo con el novio de mi primo! Iñaki se haría a un lado y yo tendría más probabilidades de quedarme con Diego. Solamente me faltaba eliminar al otro vato que estaba estorbando mis planes.

—Es lo mejor que puedes hacer —dije —; mereces algo mejor.

Sonreímos y nos echamos un fondo.

—Tego que irme —me levanté de la cubeta donde estaba sentado.

—¿A dónde? —respondió sacado de ´onda.

—Se me olvidó que tenía que acompañar a Leandro a recoger su mota a la Glorieta de los Arcos.

—Cámara, pues.

Nos despedimos con un chócalas, con un abrazo. Di cinco pasos, luego me giré preguntándole:

—¿Cuándo vas a tronar con esa morra?

—Mañana mismo, güey.

—Bien. Cuanto antes mejor. Para ti, claro...

Retomé mi dirección, ni siquiera me despedí de mis tíos. Abandoné la casa de mi primo y de volada caminé hacia la casa de Diego, no me tardé más de diez minutos.

Todavía estaba tomado, pero ya no ebrio, al momento de aparecer en la casa de ese hijo de puta. Sabía que sus padres no estaban, puesto que no estaba el coche; sin embargo, la luz del cuarto de Diego estaba prendida. Toqué su puerta desesperadamente, quería tumbarla.

—¡Voooooy!

Era la voz de Diego, desesperado. Sonaron sus pasos aproximándose hacia la entrada. Al girar la perilla y deslizar la puerta, en chanclas y pijama, se sorprendió un chingo verme parado ahí.

—¿Qué haces aquí?

—¿Quién es? —rugí con mi aliento a cheve.

—¿Quién es quién?

—¿Lo conozco?

El rojo de mis ojos no estaba seguro si atribuírselo al alcohol o a mis celos.

—He hecho de todo, Diego, para que te volvieras a enamorar de mí, como cuando nos conocimos, todo era perfecto, luego dejaste de escribirme porque me dijiste que tu ex había aparecido en tu vida otra vez y aun así decidí ser tu amante sabiendo que tienes novio.

—¿Y tú cómo sabes eso? —empalideció del susto, como si tuviera delante al asesino de la saga de *Scream*.

—¡Te vale madres! El caso es que lo sé.

—¿Conoces a mi vato? —me miró feo.

—¡Es mi primo, imbécil! Y no me importó acostarme con el novio de mi primo con tal de que fueras mío, porque lo que tú y yo teníamos no debió interrumpirse jamás, lo échate todo a perder; y ahora resulta que se te metió otro pendejo por los ojos.

—¡HIJOS DE TODA TU REPUTA MADRE!

Diego y yo volteamos hacia la voz que nos estaba reclamando. Era Iñaki.

—Primo, yo...

Traté de calmarlo, pero al instante de acercármele me recibió con un puñetazo en la comisura, la cual me sangró; el puñetazo me había arrojado a la acera.

—¡Eso tienes por pinche enfermo! —gruñó Diego hacia mí —. Bebé, te juro que no sabía que era tu primo y...

Iñaki también mandó a su novio a compartir el suelo conmigo usando el mismo método. Iñaki se inclinó hacia mí:

—"Cuanto antes mejor", ¿verdad? —me miraba como un toro al capote —Nunca en tu maldita vida me vuelvas a hablar. ¡Estás muerto para mí! —me escupió en la frente.

Diego se puso en pie con la velocidad de un parpadeo, suplicaba a Iñaki que le diera la oportunidad de defenderse, de explicarle cómo habían sucedido las cosas entre él y yo. Iñaki no tardó mucho en consentirle el deseo de excusarse. Fue como un segundo putazo para mí.

Comprendí que no tenía nada que hacer ahí, así que me largué de ese lugar llorando de rabia, no porque mi primo me haya pegado, más bien porque yo fui un mierda con él. Transité la avenida principal idéntico a un alma en pena, sabía que no quería llegar a mi casa, no tenía crédito para llamarle a Leandro... Estaba desahuciado, con la moral arrastrándola encima de los topes de la calle. Una especie de instinto me hizo arribar en el Parque de la Roja, ya eran más de las diez de la noche, el sitio estaba absolutamente desértico. Arrastré los pies sobre el césped hasta una mesa de concreto cercana a las canchas. Sentado ahí, hundí la cara sobre mis brazos que reposaban en dicha mesa, gimoteé con un arrepentimiento que no podía explicar.

Minutos más tarde, un hediondo aroma se sentó a mi lado, nunca había olido algo tan nauseabundo. No era caca de perro, ni orines de la gente, era algo más asqueroso.

—Lo que necesitas es una buena amiga.

Alcé la cabeza, de un saltó caí al cochino pasto, pues me llevé un enorme susto al ver que esa voz aguardientosa de un anciano era la del vagabundo que dormía en el Parque de la Roja, un teporochito que no molestaba a nadie, pero su pestilente olor le bastaba para ahuyentar a todos.

La amiga que decía que yo necesitaba era una botellita destapada de caña que me estaba ofreciendo con su descuidada y mugrienta mano. Inicialmente dudé en aceptar su gesto, pero cómo decirle que no a esa sonrisa putrefacta, picada y amarillenta. Dicen que los hombres con barba son de fiar y éste tenía una al estilo Merlín, ¿por qué no confiar en él?

Accedí a ser convidado de su licor, compartíamos los tragos; al comienzo me daba un chingo de asco tomar de la misma boquilla que él, luego, conforme la caña hizo su efecto, dejó de importarme. El viejo preguntó por mi problema, era obvio para sus ojos que tenía una enorme bronca cargando en mi espalda. Una vez emborrachado, o en confianza, opté por desahogarme con mi aparentemente nuevo amigo, le conté todo el desmadre que provoqué, lo desgraciado que me sentía. El teporochito no me juzgó ni mucho menos, todo lo contrario, me dio consejos que quizás eran en serio buenos, pero por la embriaguez, no podía entenderlos con claridad. Eso sí, me dio un amistoso abrazo, me abrigó entre sus harapos igual de fétidos, permitiéndome llorar todo lo necesario.

Viene a mi memoria que esa noche no llegué a mi casa por quedarme en desvelo con mi amigo el vagabundo, bebiendo cuanta caña tenía en su escondite secreto, el cual era un bache tapado por ladrillos, graba y una que otra mierda de perro para que la gente jamás se atreviera a sospechar ni a tomar nada de ahí.

Recuerdo que esa fue la primera de tantas noches, de tantos días que dormí en el Parque de la Roja abrazado de aquel maloliente decrépito. El alcohol, la caña y él se habían vuelto mi consuelo. Mi nueva vida.

"LO SABEN... TODOS LO SABEN"

Futuro
Café Tacva

Sí, lo conocí. Me acuerdo bien de él, lo que era. Cómo olvidar aquel teporochito del Parque de la Torre Roja que siempre se la pasaba acostado con los perros sarnosos ahogándose de borracho, perdido en su viaje. Pero lo que nadie sabe es que ese anciano no siempre fue un infeliz pordiosero. Alguna vez fue un joven lleno de vida que quería comerse el mundo casi a la misma velocidad con la que vaciaba botellas y pipas.

Ese chamaco que yo vi hace muchos años tenía tantas ganas de probar de todo en la vida; el Parque de la Roja fue el lugar donde tenía sus calenturientos encuentros con los chicos con quienes experimentaba su sexualidad, era muy aventado ese canijo escuincle, cada cosa que le pasó dentro de ese parque y no aprendió nada...

Aquel joven, pese a ser objeto de burla de varios sujetos, era muy querido por otras personas, muchas de ellas compañeros de su preparatoria, lo invitaban a todas las fiestas, a todos los eventos; era la persona más divertida, más chida de todo el ancho mundo... hasta que comenzaba a beber exageradamente, perdiendo facultad de sus palabras, sus imborrables acciones.

Inicialmente comenzaba a balbucear pendejada y media, luego lloraba con las canciones de Jenny Rivera, recordando en ellas, en esos tragos, a cada amor que le destrozó el alma, cada amigo que perdió, cada trauma que sufrió, cada problema en casa, cada sueño frustrado, el dolor inmenso que le causó a su primo cuando se enredó con su novio... entre mil cosas que nadie, más que su trastornada conciencia, sabía.

En ese estado de ebriedad no había más que heridas que no podía cicatrizar, y todos los camaradas se convertían en enemigos. Los mismos compas con los que copeaba al destaparse la segunda caguama, eran los mismos a los que quería moler a golpes al vaciarse la sexta. Les gritaba, los empujaba, les cantaba el tiro totalmente en serio. Era un auténtico malacopa. Milagrosamente el resto de los borrachos no se alarmaban con los desfiguros de aquel joven, hasta les causaba risa, recordaban cómicamente sus panchos al próximo día.

Al principio, no había pedo por parte de las personas que lo cuidaban, que le bajaban la borrachera, que lo cargaban cuando ya no podía levantarse del piso, que lo llevaban a su casa a que su padre le metiera unos putazos por no saber tomar. Las amistades de aquel joven se mostraban comprensivas, incluso quisieron ayudarlo, pero ni él sabía por qué se ponía tan violento cuando empinaba el codo.

Algunos expertos sostienen que la grieta de toda drogadicción es causada por los factores sociales y familiares que mayormente son protagonizados por la violencia, heridas de la infancia como el abandono o la traición; mas el muchacho de quien te hablo no parecía pertenecer a esta estadística, siempre contó con el apoyo de su familia (antes y después de salir del clóset), tuvo la bendición de formar lazos importantes y benignos con sus amigos; y si no tuvo suerte en el amor tampoco debió ser para tanto...

Los estragos del muchacho fueron aumentando, ya no sólo arremetía con sus amistades en las fiestas, también contra su familia, quien se le pusiera enfrente era acreedor a insultos y golpes. Lo peor es que no podía recordar nada a la resaca siguiente. Era un verdadero calvario para él. Comenzaba a serlo para todo el mundo también. La gente ya no lo soportaba, puesto que ya nunca lo veían sobrio, nadie lo recordaba en sus cinco sentidos; cada vez menos aseado, usando los mismos trapos domingueros diariamente; cuando no estaba llorando, estaba argüendeando con los vecinos, pero siempre con pomo en mano. Su familia, pese a todo, le extendía el apoyo, nunca lo anexaron.

Una tarde el alma atormentada de esta historia venía recuperándose del letargo extendido que le había heredado una noche de farra y terracería, se encontró con toda su familia rodeándolo, su hermano con los ojos hinchados de tanto llorar, las manos de su madre tenían la huella rojiza de las marcas de un rosario (producto de haber rezado toda la noche), los nudillos de su padre heridos por haber golpeado las paredes de impotencia. Aprovechando la lucidez de su hijo, de rodillas le suplicaron que detuviera su proceso de autodestrucción, que volviera a ser el de antes, que les tuviera la confianza para hablar con ellos y desahogarse de cualquier pena que estuviera atormentándolo; pero ni él sabía darle un nombre, una forma a sus dolores. Sin embargo, aquel discurso lo consternó.

No volvió a la escuela, había perdido todo apoyo que se le había proporcionado (además estaba seguro que el estudio no era para él), así que se integró al equipo de trabajo de una cremería ubicada a la vuelta de su casa donde solía comprar su cigarrillo vespertino. La dueña hizo una excepción al contratarlo (puesto que no sabía hacer nada) porque era amiga personal de su madre. Aun con las muchas torpezas del novato, los compañeros lo recibieron bien, le tuvieron paciencia a la hora de enseñarle a usar la rebanadora y la báscula. Había consumido exitosamente un mes como nuevo integrante funcional en la sociedad.

Pero el Diablo siempre acecha…

Cierta noche el chico fue responsable del cierre de la cremería, la caja registradora ya no ofrecía atención al cliente y los anaqueles de galletas y frituras que posaban en la banqueta estaban siendo regresados al interior del local, pero un raquítico sujeto arriba de cuarenta años apareció fortuitamente cuando el candado ya iba a ser colocado. Pidió ansiosamente que le vendieran una leche con chocolate (sus dilatadas pupilas y trémula postura dejaban ver una urgencia nada desapercibida). El redimido héroe, hasta entonces, de esta narración experimentó una pincelada de piedad por aquel extraño: desvistió la entrada de la cremería al retirar las cadenas que cayeron como al suelo como el vestido de novia de una recién casada en su noche de bodas, le dio acceso al nervioso hombre, lo invitó a sentarse en las cajas rojas donde se guardaban los refrescos de cola con envases retornables, tomó del refrigerador el antídoto que se le había clamado: «¡*De la que sea, pero que tenga chocolate!*», expresó el intranquilo visitante refiriéndose a la marca. Le dio una pequeña en presentación tetra pack; no aceptó el pago, él lo repondría a la mañana siguiente cuando la registradora entrara en funciones de nuevo. Estaba en verdad preocupado por su huésped, no había visto a nadie tan acelerado en su vida.

Transcurridos diez minutos después de que el sujeto ingiriera la leche que se le escurría por las comisuras hasta la punta de sus atrofiados zapatos, el anfitrión se animó a preguntarle qué le sucedía, si quería que llamara a una ambulancia o a algún familiar para que viniera a recogerlo, «¡Nooo!», respondió agitadamente después de oír la última opción ofrecida por el joven samaritano, él se acercó demasiado a la triste figura para tranquilizarlo frotándole la espalda tal como los padres hacen con sus hijos pequeños. El adulto respondió al gesto reconfortante del muchacho: «*eres lindo...*» vociferó tomando las mancebas mejillas del adolescente para acercar su boca con la suya. Éste no expresó oposición, algo en esa mirada trastornada le inspiró piedad, confianza, ternura...

La presentación de sus labios pareció algo predestinado, puesto que rápidamente el resto del cuerpo reclamó la adrenalina que sugiere estar en una cremería casi a media noche con la puerta cerrada, mas sin candado, expuestos a que cualquier trasunte descubra la flamante e ilícita reunión.

Establecida la sexualidad del juego y con la emoción quebrantando los límites de lo permitido, el hombre maduro y desabrido buscó con la mano el sórdido pantalón que lo acompañaba en su llegada buscando algo con extrema desesperación. El chico se desconcertó demasiado al ver su placer interrumpido; mas su acompañante le dijo que no se asustara, que tenía algo que iba a hacer del momento algo mucho más exquisito. Eso, desde luego capturó la atención del otro.

Del empeluzado bolsillo sustrajo una pipa de vidrio chamuscada del área de la circunferencia. Nunca antes había visto algo así, pero dedujo acertadamente que se trataba de una pipa porque detrás de ella venía un encendedor del Oxxo con sus últimos suspiros incandescentes: «¿te late el cris?» susurró acercándole la pipa a la cara.

Alguna vez el muchacho había escuchado del famoso cristal, no tenía conocimiento empírico sobre éste, pero era bien sabido (gracias al fenómeno de los memes) que era una droga altamente destructiva. Eso pudo explicar, en su lógica, el aspecto cadavérico del tipo, no eran comunes los hombres maduros chupados.

Con la velocidad de los reflejos de un felino negó con la cabeza, incluso su excitación se espantó dada la fama de lo que le estaban ofreciendo. Retrocedió con las manos apoyadas sobre el frío mosaico del suelo en aras de erguirse; mas el otro invalidó su intento: «te va a encantar». Insistió casi un minuto, el chico se estaba molestando por la impaciencia que le estaba generando, así que decidió aceptar una bocanada para que el otro frenara sus esfuerzos; después de todo no podía repercutir en mucho, sólo se trataba de una...

Por supuesto no se trataba de un cigarrillo ordinario, ignoraba enteramente, el procedimiento a seguir para fumar cristal, por lo que su adiestrado *amigo* se hizo cargo de preparar el fume sin compartir ninguna explicación; segundos posteriores pronunció «jálale»; al menos la acción de fumar la sustancia sí era idéntica a la de un cigarrillo y a la de cualquier cosa que se fume. La euforia que recorría rápidamente por el torrente sanguíneo hacia el cerebro fue avasallante, una sobredosis de adrenalina le estremeció la piel de adentro hacia afuera, el corazón incrementó la potencia de su prosaico bombeo y el lívido que se había disuelto en el aire, tras esa pausa, regeneró velozmente sus moléculas y las devolvió al sexo del recién condenado. Una sonrisa desconocida tomó lugar en su rostro, algo que enorgulleció y excitó a su creador, por ende, no fue extraño que él no encontrara escalofriante las siguientes palabras de su hipnotizado seguidor: «a ver, otro...»

La reanudación de esa entrevista sexual fue exitosa y, de cierta manera, mágica, pues todos los sentidos fueron elevados hasta traspasar el velo de esta dimensión terrenal y se sumergieron en un juego de sensaciones metafísicas. El joven creía haber conocido el rostro del placer, él mismo creía ser autor de su propio placer al punto de considerarse difícil de saciar sexualmente porque nadie mejor que él conocía los secretos del erotismo; pero estaba equivocado, después de continuar fumando repetitivamente en esa mohína pipa de vidrio, ahora él era el placer en persona. El dolor físico y la capacidad de transformarlo en júbilo fue algo que ni siquiera estaba en poder de los sadomasoquistas; únicamente Jesús podría entender lo que él sentía, porque fue lo mismo que él hizo al transmutar el agua en vino.

La energía lujuriosa e imparable no permitió a las dos ninfas percatarse de la inminente aparición del sol, no fue sino hasta el momento en que quisieron recargar la saturación de dopamina y ésta ya no les fue concedida. El neófito se incorporó desconcertado pretendiendo tomar un encendedor de la misma tienda. El experto aseguró que no se trataba de la lumbre, sino que el *mate* se había acabado. Estúpidamente la probabilidad de que la droga se consumiría en su totalidad no fue algo que circuló en la mente del novato. Sólo entonces redireccionó su atención al reloj de su celular para darse cuenta que faltaba una hora para que la cremería abriera. En un movimiento buscó su ropa y comenzó a ponérsela. Su tiritante cuerpo delataba un estado nuevo en su persona, pues aún en las ocasiones de mayor pánico en su vida, jamás había sentido esa temblorina imparable que cubría toda su anatomía, el corazón lo sentía más nervioso que momentos atrás y ese incontenible lívido que en principio lo hizo sentirse glorificado ahora lo torturaba desmedidamente, pues todo el mundo sabe que la mayoría de los hombres suelen sellar sus encuentros carnales con la eyaculación secundada por un alarido primitivo. Y todo el mundo sabe lo que sucede cuando el éxtasis es interrumpido antes de la eyaculación... en efecto, el chico sentía las pelotas a reventar.

El responsable (por decirlo de algún modo) se alistó en un parpadeo sin dejar ninguna evidencia de haber pernoctado en la cremería. Pidió al muchacho su teléfono, apuntó su número de contacto y se volvió al muchacho plantándole un beso y dedicándole una sonrisa. Le dijo que también bebiera una leche con chocolate. Acto seguido, se evaporó como el resto de las sombras que reciben el nuevo día. Agachó la mirada a la pantalla del celular y peló los dientes al leer José Luis y debajo los diez dígitos de su *WhatsApp*.

Por inercia abrió el refrigerador e hizo lo que se le recomendó. Tenía la esperanza de que aquello funcionara igual que un antídoto. Pudo notar una disminución muy leve de ansiedad, pero no una supresión de ésta. Hizo de todo un poco, hasta introdujo una crema de a litro congelada donde yacía su pene alebrestado. Nada, el furor no cesaba con nada.

El momento de abrir la tienda ya resonaba en su reloj, no tenía opción más que actuar con *naturalidad*; mas eso sería igual que decirle a alguien "no pienses en un elefante rosa".

Los primeros empleados empezaban a llegar, sabían a quién correspondía abrir la tienda, aunque les causó extrañeza ver al nuevo trapeando el pasillo como si estuviera colocándole serie a un árbol navideño, rodeado de charcos jabonosos y sus rodillas inestables de cargar esa expresión natural en el rostro, un poco empobrecida por ese liviano rubor en las pupilas junto con los morados labios resecos que enmarcaban esa destartalada sonrisa.

El sueño lo estaba carcomiendo por dentro tanto o más que sus primigenios deseos de apareamiento, mas la jornada apenas daba formal inicio. Sus compañeros no lo veían actuar precisamente con *naturalidad*, parecía ocupar especial atención en el suelo contando las manchas fortuitas que al descuido de un parpadeo se multiplicaban por cada limpiada que le daba con el trapeador mojado. Dudaba si esa suciedad pertenecía a los delirios provocaos por el efecto secundario del cristal o eran frutos de una nueva realidad. Llegó a la segunda conclusión al momento que pasó al triste cubículo que el personal tomaba por sanitario y estornudó frente al espejo colgado arriba del lavabo que nunca tenía agua. Observó que su estornudo origino un Jackson Pollock en todo el espejo y parte de la pared percudida. En ese momento se enteró que las manchas en el piso y el batidero creado frente a él se hallaba en su nariz. Una fusión entre la droga y el moco nasal dieron como resultado ese desmadre.

La jornada había cesado casi satisfactoriamente, salvo porque los compañeros del chico y sus clientes frecuentes notaron que ese día su comportamiento había sido especialmente extraño. Él aparentó todo lo que pudo; mas algo dentro de él no descartaba la idea de que los demás se habían dado cuenta de su estado. No ingeniaba un método para preguntarle a le gente si lo encontraban raro sin insinuarse sospechoso de algo que, inevitablemente ocasionaría su absoluto descubrimiento, por ende, la paranoia le sentaba mejor. No podía permitir que nadie supiera la verdad. Ya lo había decidido. Ocupaba "otro toque".

En cuanto llegó a casa su estómago perecía tener una cubierta de acero: por más que lo intentaba no le entraba bocado alguno, había olvidado por completo la sensación del hambre. Subió a su habitación, se desprendió de toda la ropa, dispuso de su celular para acceder a la pornografía más inmediata y comenzó a sacudirse el pene hasta sofocarlo. La excitación era demasiado alta, mas no conseguía la erección. Cuando menos se dio cuenta ya había caído la noche y él permanecía humectado en sudor y con las cobijas de tela polar humedecidas por el mismo; el brazo dominante se hallaba agotado y adolorido, pero no había problema, después de todo tenía dos brazos.

Sin resultados.

Lo que comenzó como una manía ahora se había vuelto un desafío, pues él ya le había invertido varias horas a su masturbación y no serían en vano por dos razones: por orgullo, ya el reloj marcaba las tres de la mañana y si su foto no iba a terminar en el libro de récord Guinness por la paja más retardada de la historia se sentiría como un perfecto estúpido (sería el mismo caso si apareciera en el libro, pero al menos en el primero su vergüenza seria remunerada). Y la segunda, porque no quería renunciar a esa sensación afrodisiaca que por momentos oleaba sobre su sistema nervioso. No obstante, sabía que en dos horas sonaría la alarma de su despertador y los testículos lo torturarían con vehemencia si no eyaculaba ya.

Tres días continuos... nada.

Su sistema de alguna manera le anunciaba que las toxinas liberadas en la orina y la transpiración ya estaban mermando a un punto de extinción. Había sido todo. No quedaba suficiente substancia para regocijarse con los químicos exageradamente liberados por el cerebro, mas sí la necesaria para desear más. Siempre más. Rodó sobre la colcha que comenzaba a orillas de su cama y finalizaba en el escurridizo suelo de su alcoba. Giró su cabeza, quién sabe si trescientos sesenta grados, apenas lo justo para mirar a las entrañas del lóbrego espacio que dejan la mayoría de las bases de los colchones, esa famosa guarida a la que muchos niños le temen porque aseveran que es el hogar de un monstruo. Él había recordado al monstruo con el que tuvo una follada interestelar en una superficie mayormente incómoda que en la que se encontraba. Lo reconoció como eso, un monstruo. Se deslizó al interior de esa oscuridad que lo encaraba con la ilusión de hallarlo a él. Era la primera vez que sentía las partículas de polvo esquiar por sus mejillas. Inmediatamente esbozó una sonrisa que fungió como una pequeña antorcha en toda esa negrura que lo mecía. En su celular yacía el número telefónico de su monstruo. Su sonrisa se agigantó, el brillo de su teléfono aumentó y se hizo la luz.

Se citaron en el Parque de la Roja. Una marea intensa de pasión sacudió el cuerpo destartalado de los dos alfeñiques. Ese primer beso de bienvenida fue juntar el trueno y el rayo en medio del romántico paisaje que representaba ese sitio igual o más destartalado que ellos. Y aunque se trataba de una asamblea entre un par de drogadictos, tampoco eran bestias: dedicaron los primeros minutos de su reencuentro a interrogantes sociales protocolarias, desde el «¿qué has hecho?» hasta el «pensé que no volverías a hablarme». Ventiladas algunas respuestas llegó el momento por el cual ambos sabían que estaban citados: Abandonaron el territorio del parque y caminaron poco más de kilómetro y medio hasta toparse con la Posada "El encino", cuyo verdadero nombre era ignoradísimo por los ixtapaluquenses, pues en el saber colectivo era y siempre será la posada del Telmex o la posada detrás del Telmex. Ambos conocían el lugar (y bueno, cualquiera que llevara más de quince años viviendo en Ixtapaluca conocía el inmueble). Por parte del joven novicio esa posada era la segunda opción cuando otra popular en Tlapacoya cerraba sus puertas al pópulo calenturiento y no había otro sitio medio bonito, medio bueno y baratísimo disponible (siempre se iban a michas él y su entonces novio de la prepa), por parte de su acompañante no tenía idea. Tampoco le interesaba saber.

Se dejó consentir, José Luis pagó los ciento cuarenta pesos de entrada para una habitación sencilla. No había cambiado en nada, una recámara diminuta (una pecera para humanos) especialmente esas camas de piedra que eran la personificación de la incomodidad misma, tan heladas como las sábanas y la cobija color vino de estambre corriente que siempre lo acompañaban. Y cómo olvidar ese par de almohadas extendidas tan suaves como un malvavisco congelado.

Ventanas cerradas, puertas atoradas, rendijas cubiertas por la ropa catapultada de los cuerpos ansiosos por dos éxtasis: vicio y degenere, degenere y vicio, vicio pre degenere, post degenere y vicio, durante el degenere el vicio, degenere después del vicio; qué importaba si tenían cuatro horas de rematada posada y con veinticinco pesos más para pagar una hora extra.

El inquieto pupilo quería dejar de lado las "formalidades" sujetas al lugar donde se hallaban, no retiraba la vista de percudida mochila negra que José Luis había puesto en la mesa junto a la cabecera de la cama preguntándose en qué momento sacaría la lengua de su boca e iría por los fumes. Al ver que la iniciativa demoraría un poco por su patrocinador, de su propia voz exhaló la misma sugerencia que él le había hecho la noche que se conocieron, «para ponernos más calientes, ándale» expresó con la lengua bífida enrollándose en esa maliciosa sonrisa. José Luis, que estaba más que fascinado con su nueva adquisición de colágeno, obedeció cual siervo, pues, aunque era alguien dotado, ante la astucia, la malicia y la voluntad de su creación siempre fue un eunuco.

Ese día fue el día, el día que José Luis le en señó a su enamorado el noventa y siete por ciento de las cosas que todo cricoso debe saber para su consumo personal. Poco faltó para que le enseñara la filosofía del cristal, la metafísica de la pipa, la esencia de la llama azul y cuanta patraña que el recién cricoso aprendería empíricamente más adelante; porque, desde luego, este vicio no lo encaminó para cierto tipo de encuentros esporádicos, sino que se mantuvo casi un año girando entorno a él cual satélite. Podría respirarse una especie de alivio al saber que poco menos de trescientos sesenta y cinco días fue el periodo total de drogadicción de este chico de quien les he estado hablando; mas me he expresado mal: poco menos de un año fue el tiempo que él permaneció drogándose antes de ser descubierto. Pero hacia allá me dirijo...

Dicen que no hay crimen perfecto y menos el de un cricoso (sí va el dicho así, ¿no?), especialmente porque nadie es capaz de ponerlo en evidencia, de exponerlo frente al mundo más que él o ella misma. Crédito casi absoluto de la sola paranoia.

El joven cricoso tenía el vampirismo encima de todo su semblante, su complexión que siempre fue esbelta yacía ahora chupada tanto o más que un mango manilo o un pescuezo de pollo recién salido del horno, respiración exhausta, postura redondeada, párpados que vacilaban entre lo dilatado y lo rubicundo, hambre y sueño fueron palabras y necesidades que olvidó por completo, boca seca, dolores de cabeza infernales, Aislamiento y Malhumor eran sus nuevos nombres. Las cosas que jamás juró hacer o aquellas que jamás pensó que podría hacer actualmente las hacía. No sólo su familia y la poca gente que lo rodeaba, él tampoco se reconocía, no sabía quién era esa nueva persona que ahora amanecía en su cama, se ponía su ropa y se miraba frente a su espejo; pero no era él. No sabía quién era. Quién fue...

Donde quiera que iba la gente tosía a causa de las esporas liberadas en su respirar y en su hablar, los clientes de la cremería lo notaban, su familia lo notaba, sus pocas amistades lo notaban. O eso creía. De diez a penas dos en verdad podían discernir esa aura industrial que lo acompañaba y que dejaba sutilmente impregnada en cada lugar donde reposaba, algunos hasta le decían la máquina de nieve; no obstante, la paranoia no discriminaba ninguna de las visiones que sus ojos capturaban y lo hacían pensar una sola cosa con cada persona con la que establecía apenas un ínfimo contacto visual "lo saben... todos lo saben" cuando gran parte del tiempo nadie lo pelaba. El pensamiento recurrente de que estaba descubierto por la sociedad lo orilló a perder el empleo en la cremería, dado que los clientes y sus mismos compañeros emitían constantes quejas de su comportamiento ansioso y terrorífico.

Para suerte suya, las drogas jamás faltaban porque José Luis siempre estaba ahí para consentirle sus caprichos al cricoso malcriado que lo tenía obsesionado. La compulsiva necesidad, del aludido mimado, por incrementar el júbilo no nada más obligaba a José Luis a conseguir más mate para el consumo mayoritario del patético monstruo que alumbró, también lo obligó a acceder a tríos sexuales que siempre aspiraban a culminar en orgías; las cuales no eran algo que ofendieran al benefactor de esta dupla (Dios sabe en cuántas de éstas ha participado sin la más mínima protección), aunque la obsesión por ese esquelético trasero que exhalaba nubes inmensas de cristal (como si de niebla se tratara) lo trastornaba, y si hay algo que Charles Xavier nos enseñó en la primera película de X-Men es que el ser humano no es una especie que guste de compartir. Pero como lo dije hace rato, era un eunuco, un gatito asustado por una enorme rata. Pero hasta el minino se cansa de ser tal cual y empieza a sacar las garras para volverse león.

Cierta noche en el Motel Costa Verde de Ixtapaluca José Luis se hartó de que había cuatro sujetos (contándolo) en la misma cama y dos devoraban apasionadamente a su protegido. Con aires de suficiencia y educación les pidió que se marcharan pretextando que el tiempo de la habitación estaba por concluir. Incluso llamó por teléfono a recepción para que ya nadie pudiera entrar a la habitación veintisiete. El joven drogadicto, que ya había percibido desde hace mucho tiempo los celos de José Luis (y que muchas veces rechazó formalizar una relación romántica con él por resultarle más infantil e intenso que él) se fastidió esa noche y propuso a los dos chicos seguir la fiesta en otra habitación, que él pagaba (total, ellos ya llevaban los dulces) el cargo extra y el del chico que venía en camino y por el cual José Luis se previno con el telefonazo que lanzó. Les habló de los diecinueve años de juventud bien parecida y veintidós centímetros de alegría venezolana que estaba por llegar, ¿quién podía rechazar una solicitud así en medio de un trío?; pero eso enfureció más al excluido que había pagado doce horas de hotel. De alguna manera tenía que desquitarse.

El chico les pidió a los otros dos sujetos que se fueran adelantando a recepción a preguntar por un cuarto disponible mientras guardaba los suspensorios y arneses del alfombrado suelo. Una vez fuera, se giró hacia José Luis rugiéndole que ya estaba hasta la madre de harto de él y de sus conductas aprensivas, echándole en cara que ya sabía que por todo Grindr andaba pregonando que eran novios y que no se le acercaran, aunque eso daba risa y que incluso a su ex ya se lo había tirado en esa misma habitación de hotel una noche antes. Pisando culebras y echando lumbre por la boca sabían que esa ocasión sería la última que se verían, al menos así lo había entendido el chico. José Luis también. Aunque no podía irse sin dejarle a su desagradecido adicto un recordatorio de por vida de que sí puede ser más mierda de lo que ya lo había acusado el otro.

Una estampida repetitiva golpeaba la puerta de la nueva habitación donde el muchacho había pasado la noche. Las tres compañías con las que deshiló las sábanas arduamente ya se habían marchado con el poco cristal que era del consumo personal de él, su pipa, su soplete, su celular, la lencería y desde luego los últimos billetes de la cartera (de no ser porque la tarjeta de crédito la tenía hasta el fondo de la cangurera también habría valido madres). Como todo drama televisivo mexicano, el resucitado se sujetó la mequeada sábana a modo de taparrabo para atender el estruendo que lo devolvió de su letargo. Imaginó que el límite de tiempo se había excedido y personal del Costa Verde venía a desalojarlo. Al abrir la puerta y asomar un ojo por el emparejado la puerta lo embistió hacia el suelo: José Luis había dedicado la noche entera en contactar a la familia de su precioso para darle santo y seña de la odisea anfetamínica en la que había estado moviéndose todo este tiempo. Contacto al mayor de sus hermanos, describió meticulosamente los detalles de las drogas y encuentros sexuales, hizo llegar evidencia fotográfica y en video y ahora había alertado de la posición exacta (así como la descripción de las acciones) donde él estaba. Para cuando la familia llegó José Luis ya había abandonado la habitación.

Cualquier mexicano promedio estaría esperando que el padre moliera a golpes a la vergüenza que representaba su hijo y tal vez que el menor de ellos y su madre disuadieran dicha violencia formando un escudo humano. Nada de eso: el jefe de familia, con la mirada más triste que se haya visto antes, le lanzó los pantalones que estaban cerca de la entrada, le pidió vestirse y que lo estarían esperando en el auto.

Un poderoso sentimiento de culpa invadió todo el ser del joven, una fuga de lágrimas empapó casi la mitad del perímetro. Suficiente era que él mismo tuviera conciencia sobre en lo que se había convertido, que su familia lo supiera también era un suplicio insostenible.

Estando en casa con su familia el padre sólo dijo una cosa con el rostro cubierto de llanto: «Si lo que quieres es echar a perder tu vida no va a ser en esta casa. Si lo que quieres superar esto estaré listo cuando quieras hablar.» Subió a su recámara mientras la madre servía chilaquiles verdes, los favoritos del cricoso.

Fue la última comida de mamá

Luego de haberlo buscado toda la madrugada, a la mañana siguiente la familia supo dónde se encontraba. Cuando sus padres aparecieron en el Parque de la Roja para llevárselo a casa, lo hallaron en condiciones deplorables. Él se negaba a regresar con los suyos, la madre quiso tomarlo a la fuerza, pero él estaba tan drogado, tan agresivo, que agarró una piedra del suelo y la estrelló en la mano de su mamá. Se la dejó rota. El padre y el hermano intentaron responder el ataque, mas decidieron que lo mejor era llevar a la señora a urgencias.

A pesar de todo, sus familiares no levantaron cargos contra el muchacho, aunque tampoco quisieron saber de él jamás. Periódicamente la madre llevaba un poco de comida en tóper y la dejaba en el parque sabiendo que su hijo la comería, hasta que un día la comida persmaneció intacta, pues él ya no estaba ahí.

Suscitado dicho episodio, ese teporochito junior contactaba a unos amigos igual de briagos que él, los cuales de momento le brindaban asilo, hasta el momento que la intensidad de ese salvaje aumentaba y un día sus camaradas más pisteros decidieron dejarlo a su suerte. El teporochito no era un completo estúpido, ya que antes de ser corrido de cada casa donde se hospedaba, siempre se encajaba dinero de sus anfitriones, lo ocultaba muy bien entre sus calcetines. Así fue como perdió a su mejor amigo.

Esos billetes le permitieron refugiarse, por algunas semanas, en los bares de la Calle Amberes, Zona Rosa lo había adoptado como uno más de sus fortuitos despechados en el amor (disfrazados de perras empoderadas) y si corría con algo de suerte se hospedaba en el Encanto, el Pensilvania o el Amazonas con otros cricosos. Se engañaba a sí mismo haciéndose creer que si le perreaba a desconocidos y pasaba la noche con desconocidos, amaneciendo en una cama distinta cada fin de semana, era simple y sencillamente porque tenía el poder de hacerlo. No obstante, la realidad es que lo único que quería era dormir con alguien, aunque no fuese abrazando a ese extraño que roncaba casi al instante que se quitaba el condón (y eso si lo usaba; sólo Dios sabe cuántas infecciones venéreas pescó el miserable joven), sentir que no estaba del todo desolado en esas heladas sábanas donde la culpa de todos sus errores del pasado lo zarandeaban y las lágrimas aterrizaban en la almohada silenciosamente. Más de una ocasión puso su vida en peligro, ya que jamás tenía suficiente información de los hombres con los que pasaba la noche; casi todos esos sujetos habitaban en zonas vandálicas de la ciudad. Un par de veces asaltaron al teporochito del que les habló por ir demasiado borracho y no fijarse en qué calle se metía, una ocasión lo golpearon cerca de Metro Morelos por pretender insinuarse sexualmente a los encargados de un baño público, su rostro quedó hinchado, amoratado, sangrado, irreconocible... Sin embargo, todo eso no le importaba al teporochito, que ya ni su nombre recordaba, porque todo el mundo en Amberes lo catalogaba como la puta oficial no lucrativa del lugar, debido a que le bastaban unas cuantas cervezas, un faje frente a los mingitorios o en el cubículo del baño de cualquier antro para que accediera dormir con hombres igual de pervertidos que él, la mayoría eran hombres maduros, la mayoría no eran guapos, ni siquiera divertidos, ni siquiera amables; pero aquel teporochito no protestaba ante eso. En cierta forma, creía que ese era su papel, ser la ramera de todos, la querida de nadie.

Existía un hombre maduro del cual todos los chichifos estaban prendados de su cartera, un político sumamente feo, pero guapo es el dinero aquí y en Cuba. El político estaba interesado en el pobre diablo del teporochito, se sentía igual de solo que él, siempre era su favorito, siempre esperaba verlo en la pista de baile o en el baño de *la puri*. Estaba interesado en sacarlo de las calles. El miserable joven únicamente se concentraba en prostituirse a veces por poco menos de medio gramo de cristal y unas cuantas monedas para retornar a su escondite el metro, nunca aceptó ser su novio formalmente, ni que lo mantuviera; puesto que su vida silvestre le apetecía mayormente.

Finalmente, llegó el punto en que Zona Rosa había exiliado a ese borrachito buscapleitos, ya no podían admitirlo en ninguno de sus antros por todos los desmadres que armaba, su pésima reputación se extendió más allá de los límites de Amberes, oficialmente estaba peor que jodido, hundido en un trago sin alcohol.

No tuvo elección: optó por regresar a Ixtapaluca, a Santa Bárbara, recuperar a las viejas amistades de la escuela exclusivamente para sacarles chelas o lo que fuera (hasta perfumes si era necesario). Llevaba un par de días de sobriedad y la abstinencia le quemaba los riñones más que la *Indio* que tanto suplicaba, así como sus fumes de crico (en todo este tiempo jamás aprendió a practicarse slam, ya que le dolía demasiado inyectarse a sí mismo y con ese pulso trémulo era inevitable que se ponchara las venas); sus últimas monedas las había utilizado para volver al lugar que lo vio crecer. Falló en su estratega, puesto que esas personas se mantuvieron firmes en su decisión de mantenerlo lejos, hasta su mejor amigo, quien no perdonó que le haya robado dinero después de haberlo alojado en su hogar.

El sudor perlaba en todo su cuerpo junto con el escozor, no lo resistía más. Intentó acercarse a la casa de sus padres, con algo de suerte su familia creería en la historia de su falso arrepentimiento que estaba ingeniando en su cabeza mientras tropezaba en las banquetas. Fue una sorpresa avasallante la que se llevó al haber asomado la cara en la ventana de su antiguo hogar, el perro lo reconoció (fue el único que se alegró de verlo después de tanto tiempo), emitió unos ladridos de felicidad, alertando al padre que se encontraba dormido en el sillón de la sala. Una vez interrumpido su sueño, giró su atención a la ventana donde yacía el pusilánime semblante de su hijo. El padre lo contempló algunos segundos con rabia y dolor en su mirada, después se levantó sin ponerse las chanclas y desamarró las cortinas. El teporochito alcanzó a escuchar los pasos de su madre bajando las escaleras queriendo saber por qué el animal ladraba tanto: «¿Pues quién anda allá afuera o qué?». Sintió un nudo escalofriante en la boca del estómago cuando su padre contestó «Nadie, vieja. Súbete...»

Entre la agonía que experimentaba por su familia y sus desesperadas añoranzas por ingerir cristal, recordó que una vez compartió trago con el pordiosero oficial del Parque de la Roja. No estaba lejos, decidió visitar al anciano, quien por lo visto era el único que podía entender al muchacho, pues él estaba igual de perdido en su botella. Para su fortuna, el pordiosero permanecía ahí...

Su nuevo hogar era el Parque de la roja, el mendigo, su nueva familia.

Rara vez comían (sólo cuando alguien dejaba alguna chatarra a medio comer por ahí tirada), huían de la lluvia en los modestos árboles, todo el día se la pasaban los dos ahí sentados estampándose una botella de caña en la boca, fumando del cristal y la piedra de otros morrillos que igual tenían uno que otro problema y que ocasionalmente coincidían con ellos. Como los gatos, dormían gran parte del día y en la noche empezaban a intercambiar sus alucinaciones alcohólicas, a solaparse sus penas, porque esa era su mayor droga: el pasado, lo que fue y lo que no pudo ser. Cuánto se autoflagelaban los pobres diablos...

Una madrugada, el par de infelices estaban acostados sobre las rampas del parque, hablando de que necesitaban más alcohol y mate. Entonces el viejo se puso en pie, debilitadamente. Dijo que quería ir a orinar en el arbusto de siempre. Trece pasos o menos dio el vejestorio cuando tropezó con el borde amarillo del camino de cemento, chocando su cabeza con la punta de una de las mesas de concreto. No se levantó. Todo fue tan rápido que ni tiempo tuvo el hombre de sentir miedo. El joven escuchó el ruido de la caída, estiró el cuello, vio a su camarada postrado en la hierba, dio algunas risitas, pues pensó que se había quedado dormido, por lo que prefirió imitarlo y dormir.

Cuando abrió los ojos, pasaba del mediodía, en el mismo punto donde había dejado descansar a su compañero estaban unos paramédicos subiendo a una persona amortajada a la camilla; había mucha gente morbosa alrededor. El chico no supo cómo reaccionar, la noticia por supuesto le zarandeó el pulso, no obstante ¿qué hacía?

El resto de la tarde el joven se quedó inmutable en la rampa, no tenía ninguna de sus acostumbradas sustancias en la mano, pero estaba con la mente completamente dispersa. Desde entonces no volvió a enunciar una sola palabra, ya no tenía quién lo escuchara. Ahora él era el único teporochito del lugar.

Algunos dicen que permaneció en el Parque de la Roja llevando la misma vida hasta morir, a veces se le ve arrastrando sus harapos por ahí, a veces no... lo cierto es que yo tampoco sé qué ha sido de él. Nada más sé que todavía vive, que llegó a una edad avanzada (como la de su antecesor) y que continúa en las entrañas de ese parque...

No recuerdo su nombre, olvidé todo acerca de su vida, sus sueños, sus pesadillas. Puedo apostar que ni siquiera él podría recordar su rostro, ni en aquellas pocas ocasiones que podía ver su reflejo en los charcos que dejaban los veranos lluviosos, o en la transparencia de las botellas de caña que tanto imploraba comprar cuando limosneaba dinero con los estudiantes de la secundaria vecina. No le importaba mirar su reflejo, deseaba olvidarse.

¡Yo quiero olvidarlo! Cada día le pido a Dios un golpe de amnesia... si tuviera los huevos suficientes ya me habría arrojado a la carretera, habría terminado con este infierno de una vez y para siempre, pero soy un maldito cobarde que desperdició su vida en cristal y alcohol, en destruirlo todo a mi paso, en esta estúpida miseria... he desperdiciado mi vida en convertirme en esto, en aquel teporochito.

Un día más.
Gloria Trevi.

SOBRE EL AUTOR

Carlos Bravo nació en 1999 en la Ciudad de México. Estudió Lengua y Literatura Hispánicas en la Universidad Autónoma del Estado de México (UAEM).

Es autor del libro *Epistolario Anatómico* publicado por la Editorial OXEDA (2022). Fue antologado en Nido de Poesía Tercera Generación por la editorial LibrObjeto y El Tecolote, y ha publicado poemas en varias revistas literarias, tales como Ibídem, Hiedra, Herederos del Kaos, Alcantarilla, Lumbral, Licor de Cuervo, Camaleónica, entre otras.

Concursó asiduamente en muchos *Slam de Poesía*, donde aspiró a algunas premiaciones simbólicas.

Colaboró en el Picnic Literario realizado por la Radio Voladora Amecameca por motivo del evento Estrategia Nacional de Lectura.

Este libro se terminó de editar en agosto de 2024 bajo el sello **Cubículo IV** de la editorial **OXEDA**, concebido en el Taller de Apreciación y Creación Literaria del Centro Universitario UAEM Amecameca.